美人に向かうリズム

Invisible hand for beautiful

はしがき

「美人の秘訣」とは私達が永遠不滅に美しさに向かってしまう必然の身体に気がつき美しくなる方法です。この永遠不滅に向かう点に秘訣があります。何故か？　これが本書のねらいです。美人の力とは何でしょうか？　それは貴方様を美人に向かわせる必然性です。実は、その必然性は私達自身の力に他なりません。ただ、その必然性に気がつかなければ美しくする力は発生しないのです。その必然性の自覚が貴方様を美人に向かわせ美しくしていくのです。

美しい想いの力の雰囲気は媚薬の様に知らず知らずのうちに人の指先から声まで響いてきます、この正体を少しでも気になった貴方様は既に美しい自分に向かい始めます。

本書では、この必然性の力を貴方様に気がついて頂きたく「感性のリズム」に触れstory説明を工夫しました。私達を美しさに運んでくれる力とは何か？　鍵は既に貴方様の本来（nature）から発生する力の目覚めです。目覚める瞬間から美しい必然性の力が生まれるはずです。

感性必然の力に関心があるでしょうか、たとえ、わからなくても貴方様の美しさを醸し出す力にご興味を湧かせれば充分です。何故なら、美しくなるチャレンジの必然の継続に美しくする力が貴方様に発生するからです。

例えば、百円の紛失と一万円の紛失で、どちらが、その紛失を取り返したいでしょうか、つまり、損害が大であるほど取り返したい意欲が強くなります。人は素晴らしい美しい想いほど、もう一度と望む、会えなくなってしまった素晴らしい恋人ほど、その再会に想いを強くします。その強さはどのくらいなのか？　それは会えない想いと同じなのです。美しさの力の謎とは、ここに隠されています。何故、私達は素晴らしい美しい想いを忘れないのでしょうか？　筆者は、これに迫り、貴方様へ美しくなる必然性の力を納得して頂きたいと思っています。

本書では『リズム』とstory「王女Pyumi」及び「論説文」を通して、美しさに向かい運ばれる必然の力をご理解して頂ける様に手配しました。

essay

一、感性の同感（sympathy）から『美人に運ぶ（Invisible hand for beautiful）リズム』とは？

人は自己のリズムをつくれる

リズム（rhythm）とは何か？　その性質を私達は如何に表現していますでしょうか？　音楽のメロディーを支えるリズムと把握している人もいます。例えば、一回きりでないカタチを成す躍動？　躍動が活きる反復？　メロディーを一体化する刻み？　色々考えられますが、リズムの有無とは何か？という質問によって、改めてリズムの意味に気付かされます。リズムとは、ひとつに流れを一体化させ、それ故、活きる必然性の性質となり、つまり「生命」なのです。何故なら、リズムが存在しなければ、そこに生命の無き世界を私達の自然（nature）が示すからです。生命そのものが一体化し躍動する必然性のリズムであり、その原点を人体の自然が示しているのです。

異なる二人の男女が恋人達になれば、その共通点は関心事となり、一体化する必然性から、それなりの彼等のリズムが発生します。そのリズムが始まり活きるか否かは彼等の一体化する価値に懸かっています。二人に素晴らしい人間関係ができれば、二人はひとつのリズムを発生させたことになります。有名な哲学者カントの日課となる時間厳守の散歩はルソーの著書『エミール』を読むため三日間中断されたという話題がありますが、散歩を休んだとしても、カントに生きるリズムが消滅したとは言えません。カントのリズムは、散歩を必然とするカント自身の一体化する想い（思考）の必然なる生命と言えるのです。つまり、カントは自分自身の必然性なる生命と言えるリズムを発生させていたのです。人はリズムをつくれるのです。

リズムとは一体、何者なのか？

リズムは人の想いからも発生し、その「想いのリズム」は既に何かに向かう生命の必然性なのです。「美人に向かうリズム」が存在するとすれば「美人」は「ひとつの必然性の生命」であり、だとすれば、人は自分自身に「美人に向かうリズム」を発生させ、そのリズムと同調（sympathy）する心身は身体に及び、自らと「美人に向かうリズム」はひとつの生命として一体化し美しくなるはずなのです。命題は如何にして「美人に向かうリズム」を自身に発生させるかなのです。

美しくするリズムの始まりとは？

感性の目覚めは眠るか活きるかに、その価値が証されます。美人に出逢い、その美しさに惹かれ眠くなるか目覚めるか？　結果は明らかです。人は素晴らしい美しさ（価値）に目覚め、その対象に同感（sympathy）した時、誰も同感した美人（対象）を自らと一体化する瞬間を迎えるのです。何故か？　対象に同感する必然性の原因は自らが対象と瞬時に一体化に向かうからなのです。しかしながら、その素晴らしい同感は皮肉にも瞬時の必然性であるが故に不安定な瞬間の宿命に在るのです。私達は、この性質なる素晴らしい同感を如何にして自分のものとして活かすかに懸かっています。本書の主題は、ここにあります。つまり、この素晴らしい同感を如何にして欲張り続けるか？なのです。

美人を発見し美人に目覚めた人は、その美人と一体化する必然性を、対象となる美人に対する同感（sympathy）から発生させます。美人を求めず、その美しさに向かわない人間は本来（nature）存在しません。美しさは力であり繁栄の現象であり、これを望むのは人の自然（nature）です。つまり、人の心身は美しい生命に同調（sympathy）し一体化する必然性のリズムに乗る自然（nature）なのです。美人と感じた時、その美人に一体化したくない人が存在するでしょうか？ 人は美しい生命に向かう自然（nature）、換言すれば、美しいリズムに乗る生物です。美しいリズムの必然性に同感（sympathy）する人は、そのリズムに一体化し、自らを美人の心身に向かわせるのです。つまり、美しい対象に対する「同感（sympathy）」は美人に運ぶ（Invisible hand for beautiful）リズムの起点です。その美しいリズム必然の起点に因り、人は美人に運ばれるのです。

リズムの舟

予め、私が申し上げるべき「リズムの存在」に対する重要な視点、それは「リズムに運ぶ」と「リズムに運ばれる」です。しかも、この二つのリズムを一体化するリズムに素晴らしいリズムの鍵が在るのです。もう既に、本書をお読みになる方は、このリズムに運ばれる舟に乗っているのかもしれません。

見えざる手とは？

『国富論』と『道徳感情論』の著者アダム・スミスは見えざる手（Invisible hand）

による完全競争からモラルへ経済社会に関する論説をしました。この論説の中で最も重要な言葉は「同感（sympathy）」です。スミスは『道徳感情論』での同感の説明にバレリーナの踊る動きに身体を同調してしまう観客を話題にします。スミスの重要事は経済社会の繁栄における同感の論理なのです。

例えば、正月の家族でのゲームでルールに乗れない幼い弟が入り、その弟をお母さんが補佐したりしてゲームがつまらなく、活気が消えていく覚えに記憶を残す方様はいらっしゃらないでしょうか、数人でのトランプのゲームにおいてもフェアな競争無くして面白味は無く、同感の論理の法則は動きの反映に重要な役割を果たしているのです。社会の繁栄をもたらす同感の法則は、競争というひとつのフェアなルールに基づく経済の一体化する流れの原理と言え、その流れ方は私達の課題になりました。しかし、重要な事は「経（流れ）」が同感（sympathy）に始まり、同感に因り一体化し、そこにひとつの必然のリズムが存在していることなのです。このリズムに運ばれ経済社会は動いているのです。これを私達が自覚する時、私達は経済の流れ方を想像し、その quality を意識し始めることになるのです。つまり、流れ（リズム）の始まりとなる同感（sympathy）の重要性に従い、その感性（sensibility）の重要性に気がつくのです。

例えば、数人が同感することは数人の一体化であり、従い、そこに生命が発生し身体の様に「ひとつの一体化する流れ」が必然となり継続する「ひとつのリズム」が起きるのです。もし「美人」に「リズム」が存在するとすれば、これにおける「同感（sympathy）」は「美人」に必要不可欠な生命の始まりです。美しさが力であり繁栄を証す生命とすれば、その美しさに同感し発生するリズムの始まりは私達を「美人」の必然性に運ぶはずなのです。

人の感性が美しい対象に同感すると、瞬時に、その対象（美しさ）と一体化し、ひとつのリズムの生命を発生させ、その必然は同感した対象（美しさ）に向かい続けます。何故？　感性の同感は瞬間なのに何故、同感の対象（美しさ）に向かい続けるのか？　それは同感と同時に発生する自らの美しさに対する不足感（want）に因るのです。（瞬時なるが故に）美しい対象に同感し一体化する感性の残存が、その不安定なる一体化の不足感（want）を取り戻そうとする必然を発生させるからです。何故、不足感が発生するのか？　それは同感の性質が瞬間だからなのです。この瞬間故に、同感による自らと対象（美しさ）との一体化は不安定となり、感性が目覚め捉えた対象の美しさ（価値）の不足感（want）を発生させるのです。感性目覚める想い（同感）に支えられ、この繰り返し続く必然の流れが私達に美しさに向かわせる必然のリズムを発生させます。これが「見えざる手に因り美人に運ぶ（Invisible hand for beautiful）リズムの力」の始まりです。

同感（sympathy）とは瞬間の生命（リズム）の始点であり、同感の瞬間なる性質故に発生する自らの不足感から「同感し自らと一体化した美しさ」を取り戻す必然は、同感の対象（美しさ）に向かい続けるのです。この必然性がひとつの生命の流れとして発生する時、私達は美しくするリズムに乗るのです。乗る船は「見えざる手に因り美人に運ぶ（Invisible hand for beautiful）リズム」なのです。私達は、この乗り物（vehicle）を媒介に出来るか否かで自らを美人にする必然性を獲得するのです。

リズムに触る？

人は、その作品にworldがあると言われる時、その活きる価値が証されます。それは作品と作者が一体化しひとつのリズムが、そこに存在する証しだからです。何かの契機から押し出される様に流され運ばれる必然、この性質の存在が生命でありリズムです。美しいリズムの持ち主が美人と言えます。

人間関係に感謝し価値を感じとるとすれば、それは、その異なる関係に一体化するリズムを美しく実感している証しです。何故か？　それは異なる関係がひとつのbodyとして活きる必然性として美しく流れる向きを発生させているからなのです。歴史上の変革必然の原理は、これなのです。

ひとつにする、ひとつの必然性のリズムをつくることは、人の実力です。人は、このリズムの起点を為す人の態度の性質を主体性（subjectivity）と呼んだのです。しかし、美しさと自らを一体化するリズムは「美人に向かう必然性の性質」から活き、これを起点とします。自らの感性が美しい対象に向かい続ける必然性に在れば、必然の「見えざる手に因り美人に運ぶ（Invisible hand for beautiful）リズム」に私達は運ばれるのです。

要は必然性に運ばれるリズムの起点が美しい感性目覚める同感（sympathy）に懸かっているのであり、つまり、人の「価値（美しさ）に対し『気がつく』起点となる必然性」は非常に重要となるのです。その「気がつく」必然性とも言える「見えざる手に因り美人に運ぶ（Invisible hand for beautiful）」とは何か？　それは「私達が常に感性目覚める同感（sympathy）に向かい続ける必然性」なのですが、私達の想像力は重要な必然性の応用をふと思い付かせるのです。それは「『見えざる手に因り美人に運ばれる（Invisible hand for beautiful）必然性を運ぶ』私達の想像力」なのです。つまり、私達の想像力は美人に向かう必然性のリズムをつくり出せるのです。私達は美しい対象を想像し、美しい生命のリズムの必然性を身体に活かす想像ができるのです。

リズムは美しい対象と自らを一体化し活かす鍵

リズムの必然性が美しい対象と自らを何回も同感させ美しい対象に向かわせてくれるのです。従い、同感する美しい対象に向かい続ける人は、そのリズムに因り運ばれると言えます。

ルソーは著書『エミール』で「想像力は官能を目覚めさせる」としていますが、瞬間なる感性に因る同感を再び再起させ、その同感の想い（美しい価値）に向かわせる力は想像力に他なりません。瞬時の同感に即やってくる同感した対象に対する自らの不足感に対して想像力は、不足を補う必然性を自らと対象との一体化から発生させ、その同感した想い（美しい価値）に向かい続けさせるのです。この不足感を原動力とする感性と想像力の指向性（directivity）の必然性が、人に本来（nature）から欲する美しい価値を気づかせる契機になると言えます。美しい価値在る流れのリズムの必然性は、人の感性の気がつき（対象に対する同感）から始まり、その対象と一体化していくひとつの生命として発生するのです。人の身体と同様、美しいリズムの必然性を自らが気がつき宿す人は美人として活きるのです。従い、美人を想像する必然性も美しい価値に向かう必然性のリズムから活かされます。美人に向かう（Invisible hand for beautiful）リズムの力です。

「美人に向かうリズム」が存在する証しとは何か?

それは「美しく感じる必然性」です。何故なら「美人に向かうリズム」の起点は美しい対象に対する瞬間の同感（sympathy）であり、その同感の根拠（ground）は「美しく感じる必然性」だからです。つまり、この必然性が美しいリズムの生命なのです。正確には、瞬時に獲得した美しく感じる必然の同感を再び取り戻そうとする生命、これが美人に向かうリズムです。瞬間に美しく感じる必然の同感（sympathy）をリズムの起点に運ぶ感性は、同時に美しく感じる必然性を取り戻すリズムに運ばれるのです。同感が瞬時の性質である宿命故に必然する同感の回復です。要するに「美しく感じていたい必然性」であり、けして忘れることのできない、心に残りずっと想い続けてしまう感覚が活きるのです。これが「美人に向かうリズム」に乗る証しです。

リズムは必然の力

リズムとは何か？　ひとつの生命であり流れる必然性です。人は誰も血液循環がある一体化するbodyの持ち主であり、その肉体のリズムから成長します。しかし、美しい感性目覚めるリズムを活かす身体とは限りません。美しい対象に気がつき、これに同感（sympathy）し、つまり、この美しい価値に向かう必然性のリズムに身体が同調（sympathy）しリズムが身体に発生するとすれば、人は美人に向かい続ける必然性のリズムに運ばれ、その感性は目覚め続ける必然性を獲得します。何故か？　感性は瞬間の同感に因る不足感を補い続けるからです。つまり、感性は目覚め続ける必然性と同感に対する不足感を補い続ける必然性を発生させるリズムをつくるのです。これは人の感性が眠らず実在し活きている証しなのです。感性が活きる必然性は「感性のqualityが育成する可能性」を示し「リズムの存在」を以て証されるのです。

要するに感性にリズムの必然性の生命が実在するならば、当然、感性は人に活かされるべき実力です。美しい価値に向かう同感が瞬間であるが故に発生する同感に対する不足感の必然性は、感性の目覚めを発生させ続ける必然性を証すのです。人は、この「見えざる手に因り美人に運ぶ（Invisible hand for beautiful）リズム」に向かう自然（nature）です。このリズムに運ばれる必然性を実感する時、人は美人に運ばれるのです。

何故、筆者は、美人のリズムの必然性を見えざる手（Invisible hand for beautiful）として「美人に向かい続ける必然性のリズム」を強調するか？　これは、瞬間の宿命に在る素晴らしい同感を何回も連続し欲張れるかと、美しく同感し続ける必然性を宿命転換の如く叶える力とは、まさに「リズムの必然性」だからなのです。

リズムに乗るとは？

リズムの必然性に運ばれること、リズムという乗り物（vehicle）を媒介にしてひとつの一体化する生命を発生させ、瞬間の必然性の性質を実在させ活かすことです。相反する瞬間の必然性の性質がそれぞれの瞬間を連続させるのです。これがリズムという乗り物（vehicle）をつくるのです。感性に因る同感（sympathy）故に瞬間ひとつに一体化し、瞬間故に発生する不足感に因る不安定な状況は、最初の感性目覚めを獲得した同感に再び向かうのです。この繰り返す必然性は、感性が同感し自らと対象とを瞬時ながらも一体化しているからこそ生じるのです。一体化し、ひとつの生命が存在しているからです。美しい同感には美しく一体化する生命が発生し美しい必然性のリズムが流れます。これに身心を同調（sympathy）させる人は当然、美人として、そのリズムに運ばれる必然となるのです。これが、見えざる手に因り美人に運ぶ（Invisible hand for beautiful）リズムです。

二つの必然性

人の身体に同調するリズムは「リズムに運ぶ必然性」と「リズムに運ばれる必然性」に因ります。前者は瞬間であり人の対象に対し一体化する同感の必然性でありリズムに運ぶ起点です。後者は、その前者となる同感の必然性が自らの同感に向かう必然となる無限なる連続の生命の躍動となります。つまり、リズムは瞬間の必然性に始まる無限の生命に運び運ばれるのです。このリズムに乗る想いは見えざる手により自らの身体に同調し活きる必然性を発生させるはず、何故なら、リズムに因り人の想いと身体は同時進行に瞬間から運ばれるからです。同時進行できる美人のリズムとは美しい同感の想いに向かう必然性の翼です。このリズム（翼）があるからこそ、人は美しく羽ばたくのです。想いと身体に同時進行できる同調（sympathy）の生命、それはリズムしかありません。だから「美しくする想いのリズム」は見えざる手に因り美人に運ぶ（Invisible hand for beautiful）力と言えます。

必然性から身体を活かす

私達は怖い話題からぞっとしたり、ワクワクする感覚から、その気になり元気にもなります。これは精神的感覚から身体に響き及んでいる現象の証しです。美しい鳥を観て美しい気持ちの必然性を得れば、そこに美しい鳥から美しい感覚活きるリズムが始まります。このリズムを如何にして活かすかは、その人に懸かっています。その鳥を夢に出現させ、その発生する想いから自ら湧き出るstoryは既に美しい鳥と自らが一体化し活きる必然性のリズムを発生させています。想像力は限りなくリズムを活かし、これに響く身体は既に必然性のリズムに運ばれます。美しい同感から発生するリズムが身体に及ぶは自然（nature）です。ただ、リズムは身体に及び続けるとは限りません。想像力は無から有を生みます。実在しない美しい鳥を想像力は発生させ、自らを、その鳥と一体化させ続ける、つまり、想像力は美しい必然性のリズムを発生させるのです。想像力が感性を甦らせるからです。ここに想像力がリズムを限りなく発生させる根拠があります。人は美しい生命を想像し、同時に、自らの不足感の空間までを想像します。リズムは生命の必然性ですから、想像力はリズムの発生を以て生命発生の必然性をつくり、身体を活かす人の実力なのです。

美人は美人を観る

美人をしっかり観て、その美しさに同感（sympathy）し、その美しいリズムを同調（sympathy）する、これは容易いことでしょうか？　肝要なことは、その同調する必然性です。何故か？　同調する必然性とは美人という対象と自らに一体化し活きる必然性が発生していなければ起きないからです。美人に向かい続ける必然性を獲得することは既に、その美人と自らが一体化する生命、つまり、必然性のリズムが流れていなければなりません。美人に運ぶ（Invisible hand for beautiful）リズムは見えざる手により運ばれる必然性です。人は美しい対象に同感し、その瞬間に自らは対象と一体化し活きる必然性のリズムを発生させます。では、如何にして、この必然性のリズムを発生させ続ける必然性を起こすのでしょうか？　必然性の発生は必ず原因があります。その原因とは？　人は美人を瞬時に観て同感しますが、自らを美人の美しさと比較し、共通点を探し我が身の美しさを鏡の中で想像する世界に入るのです。そこで、人は誰も必ず美人に従う我が身の足りなさを瞬時に想像してしまうはずなのです。この不安定なる不足感こそが、その続ける必然性の原因となるのです。美人を観て自らを対象となる美人と一体化させ、瞬間にやってくる自らと一体化させた美人に満たない自らの不足感は、その不足を補う必然を発生させ、自らは美人に向かい続ける必然性のリズムを発生させるのです。

要は、美人に向かい続ける必然性であり、そのリズムに自らの身体を同調（sympathy）させる必然性を獲得すれば、人は美人に向かうのです。つまり、美人に向かい続ける必然性のリズムに乗る最低必要条件とは、対象となる美人を自らがよく観察すると同時に自らをよく観察する必然性を待つことなのです。どういうことか？　目覚める感性の同感から獲得した自らと美人との一体化し、活きる必然性のリズムを支え継続させる美人に向かう力とは「瞬間に発生した同感に因る一体化する生命」の不足感補う瞬間の必然性の連続と言えます。同感に因り発生する美人と自らの一体化する生命を極致にするが如く「美人に向かう」と「自らの不足感」の二重性は美しいリズムを起こすのです。この瞬間の同感を取り戻すが如く美しいリズムの必然性を身体に同調（sympathy）させる人は、美人に向かい運ぶ（Invisible hand for beautiful）リズムに乗るのです。

身体を美人に向かわせる必然性には、どうすればよいのか？

それは、心惹かれ美しいと想う目覚めの感覚をひとつのリズムに発生させることです。何故、ひとつのリズムか？　それは一体化する生命となる必然性のリズムはひとつに向かう必然性に因り活きるからです。個々の対象に対する同感に因る自らと対象との一体化が点々と心に存在しても、ひとつに向かい流れる必然性のリズムに運ばれる想像力が活きなければ、単なる対象に対する感動の集積に過ぎません。ひとつはbodyであり流れる必然性の一体です。ひとつに繋がる必然性です。ひとつの意味とはひとつの生命であり、ひとつに向かう必然性です。美しさは目覚めに在り見えずとも想いの必然性のリズムに流れ、実は、感性と想像力がひとつに向かう必然性のリズムに乗ると、その美しいリズムは身体を活かす必然となります。例えば、恋するリズムを表現すれば、恋人との思い出の場所に来ると頭の中に全て思い出の曲が流れ、あの時の美しい鳥小屋を観たいと想ってしまう心境は、ひとつに、その恋人達のリズムが活きる必然性です。有名なワルツ「蒼きドナウ」の話題で「恋人達にはドナウ川が青く見える」とされる言葉には、ワルツのリズムを活かす恋人達のリズムが流れ私達は恋する想いに運ばれるのです。その時、自分の恋する経験を思い出したら、その恋人達のリズムに乗ったのです。それ故、美しく繋がる必然性のリズムの糧に応用される単純、純粋なstoryは重要となるのです。storyの読者は知らず知らずのうちに「何か」に向かって運ばれているはず、その「何か」とは「一体化からひとつになるリズムに運ばれ求める美しさ（価値）」です。美しいピュアな性質のstoryは、その美しい流れを発生させます。何故、美しいピュアなstoryか？　その性質のstoryは、ひとつの美しい必然性のリズムに乗り易いからです。幾つかの異なるstorysでも美しい必然性のリズムが存在すれば、ひとつに運ばれる必然性に活かされます。想像力は美しい必然性を感覚した瞬間からひとつの美人に向かう必然性のリズムに運んでいくのです。何故か？　美しいピュアなstoryに流れる必然性のリズムは美人に向かうリズムと性質が同じだからです。二つのリズムの共通点は、美しいと感じる必然性だからです。要は、美しい必然性の力です。本来（nature）人は純粋な美しさを欲する自然に在ります。社会人は、これを忘れます。美しいピュアな想いの必然性のリズムは、身体に響き及ぶ同調し易いリズムを発生させるのです。storyで恋するリズムを傍観し想い、限りなく夢にまで、美しいリズムの必然性を身体に響かせる、これを身近に感覚する時、美人に向かうリズムに乗り易くなるのです。要は美しいリズムを感覚する必然性です。

人はリズムを読むことが出来ます。何故か？

目の不自由な人が相手の想い（様子）を読む。聴覚の不自由な人が相手の言葉を読む。実は、そのリズムを読み、不足感が、人の能力の必然性を活かしているのです。

人は瞬時でも美しい生命と同感（sympathy）すれば、その瞬間から、その美しい生命のリズムを知っているはずなのです。つまり、美人に対する自らの不足感は、美人のリズムを読む必然性をつくれる証しです。だから「『美人を観て自らを観る』は美人のリズムに乗る絶対必要条件」なのです。実は、ここにリズムをひとつに活かし流れを最強にする必然性の生命が実在する根拠があるのです。何故なら、美人に向かう美しい同感を取り戻す必然性の発生が始まるからです。美人に出逢い、無数無限となる直ぐに鏡に向かう彼女の必然性は美人のリズムを発生する兆候になるのです。

流す流れる必然性

私達はstoryの続きに期待した経験があるはずです。これは如何なる力に因るのでしょうか？　既に流れるstoryが運ぶ必然性に因ります。では、その必然性を継続させるものは何か？　つまり、リズムに乗っているからなのです。素晴らしい美人に出逢い、もう一度会いたいと感じる必然性の正体は何か？　例えば、単純に美味しい料理をもう一度食べたいと想う心残りや未練は、まだ足りない不足感から発生し、これは美味しい料理のリズムに乗っているせいです。美しさを繁栄と感じるならば、繁栄価値在る故に響くリズムの必然性を人は美しく感じます。繁栄が美しいリズムと感じる必然性をつくるのです。つまり、素敵な美人に出逢うと誰も何回でも会いたい想うリズムの必然性が発生するのです。この美しく感じる必然性のリズムは、最初の美人との出逢いを取り戻すが如く乗ってしまう必然性のリズムであり、不足感を補うリズムと言えるのです。何故か？　もう一度美味しい料理を食べたいリズム、storyの続きを読みたいリズム、これらのリズムの必然性は不足感を補うリズムの必然性から発生しているからです。美しく感じさせる必然のリズム発生の根拠は、一度、瞬時に同感した素晴らしい美人（価値）に向かい、自ら発生する不足感を補う必然のリズムなのです。

リズムを活かす想像力

具体と抽象の言葉は想像力の仕業と言えます。例えば、懐かしい学生服から親しい彼女の笑顔の姿が想像されます。想像力に因り人は個々の具体現象からひとつに繋がり活きるリズムを発生させ抽象概念をつくり出します。戦争から浮上した「アンネの日記」は抽象概念となり個々の具体的戦争経験が浮上し、そこに流れる生命となるリズムの現象を私達は想像するのです。人の感じる抽象の威力は具体に対する想像力の活躍と言えます。事件の証拠写真から事件の経緯となる数々の具体的事実が浮上し推理想像の場面は無限です。犯人に関する個々の具体的事実から事件そのものが抽象的に想像され、人による具体と抽象の把握は把握される対象が一体化されている証しなのです。私達はテレビのドラマの中で「犯人逮捕に向けて」と言う捜査員の言葉を耳にしますが事件の追及はリズムを発生させ、その起点から私達は、その流れに運ばれ想像や連想は、そのリズムで活きます。私達は、ドラマの事件の決定的証拠を快感とし、その具体的証拠の一部は事件のリズムを私達に甦らせます。この数々の具体から浮上する抽象概念の威力はリズムに因り活きるのです。事件のリズムを活かす原動力は何でしょうか？　それは証拠不足です。リズムには不足感が絶対必要条件(condition)なのです。美しい想いのリズムは対象に対する瞬時の同感をもう一度取り戻そうと想像する繰り返しから発生するのです。

美しい同感からリズムを発生させると、そのリズムは私達を美しい必然性に運びます。美しいリズムに乗り、これに従う必然性が人の身体に及び身体を活かすのです。美人に対する同感の必然性が想像力に因り美しく感じる必然性を取り戻すが如く何回も反復され美人のリズムの生命を活かし、貴方様自身の「美しいリズム」の体がつくられていくのです。この体に向かう時、私達は美しく感じる必然性を獲得します。

美しいリズムの体とは?

つまり、美人のリズムを活かしている実力の実態を成す体です。見る仕草、聞きかた、花の香りへの関心、食べかた、挨拶の仕方、心づかい、作法、歩きかた、息づかい等に運ばれる美しい必然性のリズムです。この体が存在し、もし、足が痛み、その体を損なえば、自ずと治そうとします、美人は自身の美しいリズムを知っていて一度獲得した美しい体に向かい続けているのです。ひとつでも欠く事実は、この体を疑う証しなのです。bodyとなるリズムの生命が美しく感じる必然性を発生させ、この美人のリズムに乗り運ばれる私達は「美しいリズムの体」を身に付けていくのです。

美しい想いを継続する証しは、その想いに向かっている必然性です。美しく感じる必然性を瞬時に身心にキャッチすれば美しいリズムは発生しますから、私達は、ただひたすら、美しく感じる必然性に向かい続けることが肝要なのです。

《人は環境やその場の状況に適応(adaptation)します。お洒落やセンスを命とする宮廷における恋人同士で、王女の機嫌をとる彼は、彼女の顔色等、その様態に適応します。しかし、ある時、意外なことに、彼は彼女の指先の美しさの運びに気がつき、その美しく感じる必然性は、彼自身に美しいリズムをスタートさせます。彼は今までの機嫌とりが詐欺の様に感じ、本当の自分自身の美しい気持ちを彼女に伝えようと想い始めるのです。この想いは彼が自身に起きた美しいリズムへ彼女を乗せる必然なのです。つまり、美しいリズムは状況に対する適応（adaptation）からは発生せず、自分自身から発生するのです。何故か？　それは美しいリズムの発生とは瞬時の同感する必然を意味するからです。いくら相手のお洒落に適応し美しくお洒落をしても美人のリズムは発生しません。感性感覚のリズムの力は瞬間の美しく感じる必然性次第で自身に及ぶのです。彼は彼女の美しい指先に同感（sympathy）し、その美しく感じる必然性から美しいリズムに乗ります。その瞬間、彼は我が身の指先を見てしまう必然性を何故？と想うに至り、我が身の顔色まで気遣いする様になるのです。美しいリズムの獲得が瞬時に我が身に向ける美しい必然性をつくるのです。それはリズムの起点なる同感（sympathy）が一体化をつくるからです。彼の彼女に対する同感が二人を一体化する美しいリズムに運んでいるのです。

一方、彼女です。自分に対する彼の急変する感覚に気がつき、その感じる必然性を何故？と思いながら、その美しい快感から「もう一度」と想います。もし、この彼から美しく感じる感覚をもう一度と期待するとすれば、彼女は既に彼の獲得した美しいリズムに乗っているのです。彼と彼女はお互いに相手の状況に適応（adaptation）しているのではなく、美しいリズムに運ばれる美しく感じる必然性に気がついたのです。美しいリズムに乗る絶対必要条件は美しく感じる必然性（瞬間）なのです。この必然性が二人に存在したのであれば、美しいリズムが「二人の想いのbody」を美しくする力になったと言えます。》

感性は瞬時の必然

感性の性質は状況に対する適応（adaptation）ではありません。何故なら、状況に対し感性感覚は瞬時の必然だからです。その瞬間の対象に対する感性の同感が美しく感じる必然であれば、美しいリズムが発生します。つまり、感性感覚は瞬時に「人の想い」にも同感すると、そのリズムを発生させるのです。「人の美しい想い」に対する「美しく感じる必然性」に因り「美しいリズム」は発生するのです。だから、それ故、目が見えずとも、耳が聞こえずとも、人は美しいリズムを発生させることができるのです。その場の美しい雰囲気の実在は美しいリズムの発生を証します。「音楽に感動する」を英訳すると「feel music」とされますが、feel（感じる）は「人の美しい想いのリズム」をつくれると言えます。「美人に運ぶリズム」が人に存在する時、人は、その美しい必然性、美しく感じる必然性を瞬時にキャッチし、そのリズムを自らの身心に流す必然性を覚えるのです。「feel music」は、これを私達に教えていたのです。感性は身体に響く（sound）のです。「美人に運ぶリズム」の体の健康（sound）とはfeel musicの如く何回も美しく感じる必然性を取り戻すが如く「美しく感じ続ける身心」なのです。

彼女の美しい必然とは？

《彼女は19歳になって先生と呼ばれた。家庭教師をしたからだ。この一～二年間で高校生から、その高校生を教える先生になる、この奇妙な感覚に彼女は自分の実力不足を想像し、本当の先生に向かうことで、今までより勉強する気力を懐いた。ある時、年輩の人から「～の花」と言われ～の代表を任され、鏡に注ぐ回数が増えた。こうして状況は彼女に努力の気力を与えたのですが、卒業時、演劇部から努力だけでは無理な役割を依頼され、その意外な心境を覚えます。それは人物を演じる役者で、その人物は有名な上品な人、それればかりではなく、美しい人なのです。つまり、彼女は、その人物になりきらなければならないのです。しかし、彼女は、この経験から美しい想いを覚え、それは変身の快感となったのです。美しく感じる必然性が彼女を襲う、彼女の胸に鼓動するかのような実感が存在する様になったのです。いまだに、何だかわからない心境に残るもの？　その正体？と彼女は思いながら、ふと気がつきます。それは、自身の不足感や不安感が何かに向かって、自身を運んでいる必然性なのです。その何かとは？　それは、今まで知らなかった美しく感じる必然となる感覚なのです。あの美しさを感じる感覚へ向かう自身の心残りが鼓動の様に、けしてなくなることは無い、彼女は、こう想うのです。

彼女は如何にすれば、その美しい人物になりきれるのか？　これが最大の悩みであり課題であり魅力である不思議な感覚が彼女を襲う、どの様な状況を実感すれば、その人物の素振りが出来るのか？　難題は、部分的な演技を無限にするばかりで今や実感の存在しない自身の状況なのです。その実感を探す彼女は気がつきます。人は状況に従い顔色をつくる。そこで、彼女は、その人物の存在を想像したのです。そこに美しく生え映える人物自身を想像したのです。彼女はずっと前から美しい人を観て、その人になりたいと想っていた、その望んでいることをしたのです。つまり、彼女は美しい人に同感し、その人物との一体化を続ける想いに走ったのです。私は、その人物、その人だ、その美しい人になれる、今、その機会を許される、この瞬間から何かが変わったのです。自ずと運ばれる人物の動作の運びの実感がわかる様な感覚が見えてきたのです。この美しく感じる必然性が私を運ぶ、この何かに向かって運ばれる美しく感じる正体は何か？　こう、彼女は想いながら演技したのです。

この何かとはリズムなのです。彼女は演技の追求から美しいリズムに乗ったと言えます。このリズムの発生故に、見えざる手（Invisible hand for beautiful）に因り、美しく感じる必然性が彼女自身に運ばれ彼女は美人のリズムに向かっているのです。

何故、リズムが彼女に鼓動したか？　それは、彼女がずっと前から美しい人を観て想像し、彼女自身、我が身の足りなさ感じる必然性を美しく感じる必然性で補い続けているからなのです。美人になる演技の追求は彼女に気づかせた。求める演技は彼女が美しい人物になりきる想像力に因り必然に運ばれる、彼女は、これを知るのです。》

人の力に関するどんな難しい説明でも、一瞬の「気がつき」から身体に及ぶ理解が可能だとすれば、その力は人の本来（nature）の実力だからと言えます。本来（nature）には、もともとリズムが存在するからです。「平凡な会社員で終わりたくない」と発言する人の実感はご自分のリズムを求めています。何かに向かう気力に在ります。ただ、ご自分のリズムの無いことに気がつくだけで、自己のリズムの起点が無いのです。だから、人はリズムの起点に気がつく瞬間は肝要な変化の接点と言えます。素晴らしい美人を観て、同感に因り我が身を、その美人に向かわせれば、その瞬間からリズムが発生します。「美人に運ぶリズム」の起点は瞬間であり、重要なことは、その瞬間に美人に向かい続ける気力の存在なのです。

演劇部の彼女にとって「美人を演じる役者の役割」は美人のリズムを気がつかせる媒介（vehicle）、美人に向かう乗り物となったのです。リズムは既に、彼女が「あの美人になりたい」から発生しています。その瞬間の同感からリズムが発生する根拠（ground）とは何か？　それは彼女自身の我が身に気がつく不足（want）感なのです。この不足感がリズムが発生する証しであり、彼女が美人のリズムに運ばれる必然の人である証しなのです。「美人になりきる演技」は「美人のリズム」を彼女に気づかせる契機と言えます。美人に向かう乗り物（vehicle）にstoryが必要だとすれば、storyが美しいリズムの必然性を気づかせることに他なりません。この時、storyは美人に向かわせる乗り物（vehicle）です。

美しいリズムに気がつく、リズムを実感する証しは何か？　瞬間にも美しく感じる必然性の実感に運ばれてしまう根拠（ground）は、自身が美人に一体化するに足りない不足感に因る不安定状況なのです。

美人に向かう彼女の不安定状況は彼女を美しく感じるリズムの必然性に運び彼女に望む変身の快感を許し、彼女は美人の演技を乗り物（媒介）に美人のリズムの必然性を自身に気づかせ響かせます。つまり、リズムの必然の力は自身が気がつき自身に及ぶのです。

リズムの起点とは何か？

それは生命の発生です。見えずとも「動く存在」が現れる始点です。人は想い始め、そのリズムをつくり、そのリズムに乗り想像力は想いのリズムに活躍します。つまり「人の想い」にリズムが発生し生命が宿る、これは、その「リズムの存在」が証すのです。人が人の美しい想いのリズムに同感（sympathy）する時、その美しいリズムに乗り運ばれます。その同感はリズムの起点となり、その同感する人に美しい生命を与えるのです。人が人の美しい想いに因り美しい生命を宿せる起点は、その同感しかないのです。同感はリズムの起点となり生命発生の始点です。同感は美しい想いが美しいリズムを発生させる証しなのです。人は瞬間に自らを美しいリズムの起点に運ぶと、その美しさに向かい運ばれる（Invisible hand for beautiful）リズムに存在するのです。

想い人をけして忘れられないとすれば、それがリズムの存在の証しです。同感はリズムの起点、想いの生命の発生及び始まりであり、ずうっと続くのです。ただ、その性質は瞬間の連続に懸かっています。何故なら、人の美しい想いの同感は、その瞬間なる我が身に発生する不足不安定を補い再び同感の想いに向かうリズムを繰り返す必然を起こすからです。こうして美しい想いの同感はリズムの起点に運び瞬間瞬間のリズムを以て必然を運ぶのです。これが見えざる手に因り美しく運ばれる（Invisible hand for beautiful）リズムの生命です。

美しい同感は瞬間の生命リズムの起点です。これは私達に何を教えていますでしょうか？　それは「僅かな時空間の美しい同感の起点」が美しいリズムの生命を存在させることなのです。何故か？　瞬時なる同感こそがリズム誕生の必然の力だからです。ほんのちょっとしたことで人は美しく運ばれるのです。

ほんのちょっとした美しい同感の想い（a passion for beautiful）が既に美しいリズムをつくることを私達は忘れてはならないのです。

（実は、世界平和のリズムの起点をつくるとすれば、この鉄則しかないのです。）

リズムは必然の生命

私達は奇想天外な非現実的な話か、現実的な話か、どちらが面白いと思っているでしょうか？　非現実的で信憑性が無ければ、つまらないと言った人がいますが、現実離れに惹かれる場合もあります。確かに実話には興味津々となりますが、面白さに欠ける場合があります。これを私達は、どう説明するでしょうか。ここに、実は、リズムの正体を明かす鍵があります。作り話でも意外に心惹かれる時、私達は実話の様な心残りや心迫る必然性を覚えます。これは何故でしょう？　そこに存在するもの、それはリズムです。そこに流れる必然の生命の力を感じる感覚の存在です。本書では、リズムが生命である根拠に迫ります。何であれ、心惹かれる美人には、その美しさを働かせる力の正体が現実に活きているのです。私達の心や感性にはリズムが誕生し、美しく魅せられる力が発生するのです。つまり、美しくする力はリズムなのです。そのリズムを活かせる力とは何か？　なんであれ、美しくするリズムをパワフルにする力の始まりとは、感性の目覚めなのです。

感性の力は未踏の宝庫です。つまり、感性が目覚め獲得した美しさは、その瞬間から自らの身心の血となり肉になり、その生命はパワフルなリズムに運ばれる力に向かうのです。何故か？　それは、リズムが生命の証しだからです。

忠犬ハチ公が主人との再会に永遠不滅に向かう、この想いを美しいと実感するのは何故でしょう？　社会人は一瞬でも「もしかしたら、再会できないかもしれない…」と思う可能性があります。このハチ公と社会人との「想い」のちがいは何でしょうか？　実は、ここに、貴重なリズム発生の原理が存在します。リズムとは必然性であり、美しさには重要です。何故か、それは、リズムの必然性は美しさを永遠不滅に向かわせるパワフルな力を実は存在させるからなのです。だから、再会を待つ社会人より再会を待つハチ公は美しいのです。リズムは美しさの秘訣なのです。今、美しさの秘訣と信じ起きた美しさに向かう想いは、既に、この理由に迫っています。私達は美しくなる方法に向かい、その瞬間からリズムの必然性に乗っているのです。何故なら、私達は本来（nature）瞬間にも美しくなる想いに向かい続ける必然性を否定できないからです。

まず、パワフルな力とは何でしょうか？　目に見えずとも実感するパワフルな力、この正体を私達は考えたことがあるでしょうか。

私の教え子のワンちゃんが家のテレビの中から流れるセリフに反応した話題があります。ワンちゃんはテレビから「今、交番にいるんだけど…」と言うドラマの声を聞いて、それに反応し「くえー」とワンちゃん声を出しながらテレビに近づいたのです。これには笑いが出ましたが、実は、ここにパワフルな力の秘密があるのです。あくまで予想ですが、ワンちゃんが言葉の具体的な内容で近づいたのでなければ、何かを感じて反応したと言えます。一般人だったら、家族の様に親しい言葉から「交番にいるんだけど…」と電話されれば、そのセリフの中には「来てくれる？」と求める感覚に及び、その反応で「えー」と耳を向けます。もし、ワンちゃんの反応の動きが言葉の意味内容を原因とするものでなければ、このワンちゃんの反応の動きは感覚の必然性しか考えられないのです。要は社会的ではない感覚反応です。では、感覚の必然性とは何でしょうか？　例えば「交番にいるんだけど…」の言葉に「早く来て」と言う感情が込められるほど、その反応の必然性はダンボの耳になります。ワンちゃんがテレビの中の声からテレビに近づく必然となったのであれば、具体的な内容は何であれ、テレビに近づく必然は言葉の声に反応した感覚の必然そのものなのです。発生する必然性には必ず原因があり、その流れが起きます。ワンちゃんなりの感覚の必然があったのです。つまり、感覚の必然性は存在すると言えます。

では、必然性とは何でしょうか？　必然性とは、何かを原因とし押し出される様に一瞬に発生する生命の流れの如し、空中に溜まった水分がバランスを失い、地上に落下し、さらに溜まらない不均衡から最下位に向かって流れ出す、一瞬の流れでも、これが止まらず何かに向かうと瞬間の性質を連続させ、その流れ方から川の如く、体を成し、リズムを成し、そのリズムが流れ続けると、そのリズムから、さらに必然の力を発生させ、それは流れが土砂を運び、人は舟を造り、川は道となるが如く、私達は、この必然性の性質から生まれる力を否定できません。人は、この必然性のリズムを応用し富を産出するに至るのです。必然性とは私達の経済原理に及ぶ力なのです。

例えば、誰もが恋する相手に出逢った瞬間から、その「想い」に向かい続けているのです。その瞬間から始まる「想い」は生命の如く発生し血液の様に流れ、その必然性は何かに向かうのです。この必然性の力を私達は誰もが知っていて、この力がパワフルに何かに向かう生命を私達は快く感じているはずなのです。私達は、その快く感じている「瞬間に獲得した想い」に何回も向かい続けるリズムの必然性を知っているのです。

ここでわかる様に、その発生する必然性とリズムは、その性質から一体化し流れる「生命」を原因とする原動力とも言えます。実は、この「生命」となるものが「一瞬の感覚や感性の想い」であっても、そこには必然の流れるリズムが発生するのです。そうです、人の「想い」も一瞬にして生命となり、それ故「想い」にもリズムの必然性は存在するのです。

パワフルな想いとは、リズムが活かされている感覚の生命なのです。

既に人の心や想いに始まっているリズムや必然性が、一瞬の契機から、人に感動を与え、人は、これをパワフルな力と実感します。リズムの必然性による流れはパワフルな力なのです。勿論、ワンちゃんの感覚も、それなりの感覚の必然性から反応に及びます。

人は、けして忘れることのできない美しい想いが一瞬でも生まれると、忘れるどころか永遠不滅に、その瞬間の目覚めに向かいます。何故か？　それは一瞬にして得た美しい想いが、その対象と一体化するリズムの必然性に活きているからなのです。つまり、一体化とは生命誕生と同じ性質です。

人は自らが恋する想いの相手と一体化したく、この必然性を誰が否定するでしょうか。実は、この必然性がパワフルな力なのです。つまり、パワフルな力の原動力は一体化する故に流れる必然性のリズムです。テレビの中の声に反応したワンちゃんがテレビに近づいた事実を肯定すれば、一瞬に、その声とワンちゃんの感覚との一体化する流れ（リズム）が発生し、その声に向かう反応は、その流れ（リズム）に向かう必然性の力と言えます。彼は、自らの感覚とテレビの声とが一体化される感覚の流れ（リズムの必然性）から一瞬にして反応しテレビに近づいたのです。人は心配する家族の想いから「今、交番にいるんだけど」と電話され、その必然の流れ（リズム）の感覚を感じ、直ぐに何も訊かず電話を切り交番に向かうのです。ワンちゃんは一瞬の感覚の流れる必然（リズム）から足をテレビに向かわせたのです。

リズム無くして、パワフルな力の必然性はありません。リズムは必然性の流れであり、その流れは必然性の力です。重要なことは、人は「感覚や感性となる心や想い」を「生命」として発生させ、そこに必然性なるリズムを流し、その流れの実感がパワフルな力を私達に自覚させるのです。だから、パワフルな力は目に見えずとも実感するのです。

誰も、自分の恋する想い人や大切な人が遺したものを捨てられずに大切にとっておきたい心理に納得する覚えがあります。この心理の理由は何でしょうか？　実は、感性のリズムの仕業なのです、人の感性は、その対象を自身と一体化させるからです。一体化する必然性から当然、そこにはリズムが発生し流れています。人は何故、自分の好きな人の遺したものに特別な気持ちを覚え未練を残すのか？　それは「想い人が遺したもの」と「自分」を一体化させる感覚が発生し「想い人が遺したもの」は自身の身体の一部と感覚するからなのです。一体化すれば当然です、そこに一体化するが故に生命が存在するからです。

「一体化（in a body）」とは、そこに繋がり流れる「生命」の如くカラクリが不可欠であり、血液の流れの如く万物の必然性「リズム」が発生します。このリズムに因り、瞬間は連続し、想いは継続するのです。「想い」も、その状況等の対象と「一体化」

すると、そこに必然なる生命のリズムが存在します。一体化とは、そこに血液が流れる様に命が発生し、体に血液の如く何回も瞬間の感覚が流れる故に、リズムが存在する必然となります。何故、一体化する感覚は何回も流れるか？　それは「感性目覚める性質が瞬間だから」なのです。この瞬間という性質が実は、美しさの力を発生させるカラクリなのです。何故？　それは瞬間であるがため、目覚める感性が再び、その目覚める美しさに向かうからなのです。一瞬でも一体化し発生したリズムは、瞬間の目覚めを補うのです。そこで私達は、この美しさにずうっと向かう必然の原因は何か？に至るのです。それは不足感です。宿命なる瞬間の目覚める美しさの不足感です。感性は不足感を補う必然から瞬間の連続の如く目覚める美しさに向かい続けるのです。このリズムに至ることに気がつかせ発生させ運ぶ力、それは想像力です。このカラクリ（リズム）が美しい力を貴方様に発生させ貴方様を美しくするのです。

感性が目覚め自らが対象と一体化する故に発生するリズムは、目覚める瞬間を連続させる必然の生命の証しです。

従い、感性の目覚めがSensibility for beautiful（著書『美人の秘訣』の副題）の如く美しさに向かい続ける瞬間だとすれば、これを連続させるリズムは想像力(imagination) に因り、さらに活きる必然の生命を発生させるのです。

リズムの存在は生命の存在です。それ故、感性目覚めの生命は感性のリズムの存在を意味し、その生命の発生は美しさに対する自らの同感（sympathy）に因る自身と美しさとの一体化から始まるのです。

つまり、私達は美しいあらゆる対象に対して自らの感性を目覚めさせれば、自らと美しさ（対象）の一体化から、そこに美しい感性のリズムを発生させることができるのです。要は、このリズムを如何に発生させるかであり、その活躍の原動力は私達の感性や、それに関わる想像力に他なりません。例えば、想像力（imagination）はリズムに乗り構想力にもなり私達の主体性（subjectivity）を呼びますから、重要なことは、人の想像力や主体性も、瞬間の感性の目覚めからリズムの生命発生に至る必然性に懸かっていて、美しくなる力も、当然、美しいリズムの必然に懸かっているのです。これがリズムの力点です。

私達の本来（nature）の必然性に在る感性が、美しい対象や価値在る対象に同感（sympathy）し、その対象との一体化（in a body）に向かう時、感性は、その目覚めを獲得します。想像力は、これを助け、感性は、その誕生する流れるリズムの生命を得ます。それ故、感性の目覚めは、その瞬間から無限に「不朽不滅に目覚める対象」に向かい続けるのです。誰も恋に目覚めた恋人を忘れるでしょうか？　忘れるどころか、恋人の大切にしていた全てに気を配り、出逢いの雰囲気まで無限に恋人との一体化に向かい想い続けるのです。再会の機会を欲する必然性を誰が否定出来るのでしょうか。目覚める美しい感性の性質は、これです。つまり、感性は一瞬目覚めると、その美しさ（対象）に無限に向かい続けるのです。

（感性目覚める対象の範囲（bound）は無限であり、感性の必然性に関する重要事項なのです。何故なら、感性の必然性は、その対象の時間と空間に無限に及ぶからです。感性の必然性は日常社会の事物は勿論、人間関係や歴史の展望までに及び、想像力は感性に寄与し、人の主体性の必然を呼びます。）

《自分に響かせる感性の目覚め、その感性のリズムの流れに想像力を働かせる時、私達は感性の目（imagination for sensibility）を養い始めるが如く、ずうっと向かい続けてしまう想像の必然性に気がつくのです。》

一体化するリズム

私達は宇宙に存在します。この宇宙と一体化（in a body）する時、誰も宇宙のリズムに乗れます。何故か？　一体化する存在無くしてリズムはあり得ないからです。では、如何にすれば私達は宇宙と一体化できるでしょうか？　その方法は宇宙が自然である限り、人も「本来（nature）に至ること」にあります。私達は、この最低必要条件を否定出来るでしょうか。

一体化するからこそ流れが発生し、その流れ方に因り価値が生じ、そのリズムは自身のqualityを現すのです。宇宙のリズムに乗るか否かは自己が本来に至り宇宙と一体化するかに懸かっているのです。つまり、宇宙のリズムと自身との一体化は本来（nature）に戻り通じることに他なりません。

一体化すれば、そのbody発生の性質故に必ず、そこには新たな生命が発生し流れが起きます。人は瞬間でも本来（nature）を欲し宇宙に通じる本来と一体化しない限り、その生命の流れに乗れないのです、正確には生命の流れを活用できないのです。

リズムの活躍は、本来（nature）の純粋な単純意欲から始まり、その価値は一体化から始まります。例えば、一体化する会社と一体化していない会社、どちらが繁栄し、どちらの社員に行動力があるでしょうか？　価値の基本は「一体化する生命を以て流れる事実」に在り、これが人の本来（nature）の価値の基本に他なりません。

人の想いや思いつきも「生命」となり、そのリズムの必然性が美しさ等の価値に向かう限り、その範囲は無限なのです。だから、美しい想いは永遠不滅に、その価値に向かうパワフルな力になる、これは美しさ（価値）に適う美人の秘訣です。

美しさに向かい美しさに同感（sympathy）し、その美しい対象（object）と自己

(subject）を一体化する感性の目覚めの必然性は、感性のリズムの生命の始まりであり、このリズムの流れ方は想像力に因り、そのqualityは、感性のリズムの性質が生命であるが故に育成も可能なのです。つまり、感性の目覚めは感性のリズムの生命誕生に他なりません。

関心のなかったstoryが、たとえ演出効果からでも、心に残るstoryになったとしたら、その心惹かれるstoryから醸し出される要因と自らの感覚は一体化し、そこに感性のリズムが流れ発生します。関心のなかったstoryに変化が生じたのではなく正確には何かに助けられてstoryを通じる美しさと自身を一体化させる同感（sympathy）に因って感性が目覚めるリズムが発生するのです。storyと自身との一体化で何かが流れたのです。その何かとは一瞬の感性に因る同感（sympathy）に他なりません。要は、感性のリズムに目覚め気がつくことなのです。感性のリズムに目覚めることは、そこにstory等の対象と自身が一体化し流れる生命が発生することになるのです。私達は一瞬でも、そのstoryを通じて何かに共感や親しみを感じた時、既に発生した感性のリズムに目覚め向かっているのです。初恋の相手との素晴らしい経験の想いを忘れるでしょうか。それどころか、人は、その想い出の写真を秘かに保管し再会を予想するのです。

人が本来（nature）を損なわない限り、実は、一瞬、感性は目覚めると、その対象と自らの一体化故に発生するリズムに支えられながら無限に不朽不滅の目覚めた感性の賜物に向かい続けるのです。

実は、恋人に対する「けして忘れることができない想い」とは感性目覚める想いなのです。これは感性が目覚める性質の要点となります。何故なら、忘れる想いは感性の目覚めの必然性から外れるからです。感性が目覚める瞬間は、その一体化する美しさ（対象）に無限に向かう想いに等しく、永久不滅の目覚めに向かう生命と言えます。換言しますと、目覚めは生命誕生であり、その一体化の流れを起こす「瞬間なる感性目覚めの必然性」は、恋人に向かうが如く限り無く続くのです。実は、この必然性の継続こそ、感性が目覚める証しなのです。

目覚めれば流れる、継続し流れ続けるのは一体化する生命の必然性の証し。この目覚めが美しい瞬間なる同感の想いであれば、永遠不滅に美しいに向かい、その想う人は美しさの力に運ばれるはず。これは美人の秘訣のリズムです。

私達に残される宇宙と一体化する契機となるリズムの数値が在るとすれば、それは何でしょうか？　それは生年月日です。どんなに否定しても忘れられず胎内から宇宙に母親が発生した数値。私達自身が生年月日の数値に従う宇宙の星とすれば、その星のリズムに乗るか否かで宇宙と一体化する契機を得ると言っても過言ではないのです。生年月日は「『宇宙のリズムという乗り物』に各人が乗車した時間記録」を私達に教えています。生年月日の数値は母親が子供（星）を宇宙に発生させた時間。生年月日の数値が宇宙と一体化する各人のリズムの始まりとすれば、そのリズムの流れには必ず、そのqualityが存在するはず、大自然において個々のリズムに個々のqualityの生命の始まりを誰も否定出来ないのです。いずれにせよ「リズム」とは「発生した『生命』の流れ」であり、人が宇宙のリズムと一体化する最低必要条件とは、瞬間でも人自身が本来（nature）を欲し本来に至ることに他ならないのです。

人間にとって本来（nature）の必然の生命である「感性のリズム」は先ず感性の目覚めから始まります（発生します）。この瞬間、自己は美しさ（対象）に同感し、その対象との一体化に向かい、感性のqualityの生命が生まれます。

《この「一体化する生命」に従い、生命の「流れの必然性」から「発生する現象」に至り、そのリズムのqualityの認識に近づくのです。その現実のひとつが感性の目覚めに因り必然に生まれる人の主体性です。その主体性で各人の個性や能力が表れます。人を価値に向かわせるリズムの必然です。そんな主体性の契機を与えるもの？　それは想像力に他なりません。人の感性に向かう想像力（imagination for sensibility）であり、想像力が構想力となる必然は人の本来（nature）の主体性と言えます。》

感性目覚める瞬間の継続とは?

感性が目覚めると、その美しさ(対象)との一体化に向かい続ける生命(リズム)が発生します。

換言しますと、感性が同感(sympathy)する美しい対象と一体化し目覚める瞬間から、その生命(リズム)の必然性に因り、目覚める瞬間は連続していき継続していくのです。何故、継続するか? それは自身(subject)の目覚める瞬間の必然性が、生命そのものであり美しさ(対象)と同感(sympathy)し一体化する必然性は、再び、その美しさ(対象)に向かうリズムだからです。一体化するリズムの生命は人の健康維持の如く、そのリズムを損なう瞬間は、その補う瞬間となり感性目覚める瞬間を活かすのです。つまり、感性の目覚めの一瞬は人の本来(nature)を損なわない限り、無限に続くリズムの必然性と結論できるのです。それ故、哲学者プラトンは「かつての球体を永遠に恋求める男女の想い」を表現陳述したのです。

リズムの起点（感性の目覚め）を気がつかせるものとは？

美しい対象を本来（nature）から同感（sympathy）し、自身を対象と一体化する瞬間の感性の目覚めは、その一体化から生命（リズム）を発生させ、そのリズムの必然性から瞬間は連続し瞬間の目覚めは継続に向かうのです。この感性のリズムの始まりとなる感性目覚めの必然は何か？　それは同感（sympathy）に他なりません。では、この同感は何に因って導かれるのか？　それは感性に向かう想像力（imagination for sensibility）なのです。それ故、ルソーは著書『エミール』で「想像（imagination）が官能を目覚めさせる」と陳述したのです。

感性と想像力は美しさに目覚めさせ、そのリズムを気づかせ、人を美しさに向かわせ、人に美しさの力を発生させる必然性を与え、人を美しくするのです。この時、リズムは美人に向かうリズムとなります。

現況に対する逆境感が感性を本来（nature）の美しさに向かわせる

宿命転換とは何でしょうか？　これは実は、リズムの転換です。しかし、肝要なことは、その転換に至る気力、正確には、その気力の必然です。さらに、その気力の必然は瞬間ですから、その気力の必然がずうっと続くリズムでなければならないのです。ここに美しくする力が発生するのです。つまり、これが運命を変えるのです。本来（nature）に戻る目覚めのリズムの必然性、慣れた社会性から自己の本来（nature）を取り戻そうと発生する必然性、要は感性のリズムの必然性に美しい力が発生し、このリズムを発生させる必然の人が美しくなるのです。

何故、人は、自らの身分と皇室の身分を差別化してしまい、美しい宝石を、その身分に合わせてしまったのでしょうか？　宝石の所有可能にかかわらず「美しい宝石と一体化したい、いつまでも持っていたい、でも今は無い…」これでいいのです。この気持ちを素直に持ち続ければ、必ず、美しい宝石と自らのリズムの必然性が発生するのです。肝要なことは、自らに必然し発生する美しいリズムです。自然が人に与える不足感は、美しくなる人に実は宝になるのです。

ルソーの語る自然状態に置かれた人間がピチエという憐れみを持つ感情や感性を働かす自然人だとすれば、ロビンソン・クルーソーのstoryでの人間は自然状態に置かれた現代人の仮説であり、この現代人が大自然という自然状態で、どの様に動くか？この最初の行為（act）は現代人としての主体性となり、少なくとも、彼は現代人として知る限りの行為を自然状態で再現出来たらと想い描き、その可能性を待っているのです。この様に、現代社会においても、その現況に向かう現代人は本来の生命に目覚めると自然人の実力となる感性の実感するリズムを現実の状況に想い描くのです。この瞬間、自然は人に不足感の力を与えます。この瞬間の必然性は、現代人として感性目覚めるリズムを想い描き（imagine）その実現に向かう主体性となるのです。この必然性は、自然人と現代人に一貫し共通する本来（nature）を取り戻す主体性（subjectivity）の力と言えます。

例えば、人は想像力に因り理想の状況社会を想定しますが、これに向かう感性は現況を身体で受けとめ感じ、想像力は、時と空間の観点から現況の流れ方を構想（imagine）します。実際のありのままの切実なる現況と、それに対する展望との差異があればあるほど本来（nature）の主体性の想いを発生させます。何故なら、現況に対する痛みほど現実を切実に感じさせ本来（nature）を取り戻す革新の力の契機となるからです。現況に対する痛みがあればあるほど人の感性は本来（nature）に近づくのです。逆転したい感性に因る現実生活的な構想は無限となり、だからこそ、現況に向かい続ける感性の態度は想像力に因り感性の目（imagination for sensibility）となって、本来（nature）の主体性の必然性から美しさ（価値）に向かい続けるはずです。

本来（nature）感性は目覚めると現実の逆境感から取り戻す目覚める美しさに向かい続けます。実は、この向かい続ける感性にとって不足感ほど美しさの力に転換させるものはないのです。

つまり、感性は一瞬、目覚めると、その必然性のリズムの発生から美しい力を発揮します。この点が美しくなる私達にとって重要な鍵であり、美しくなる感性の必然性に不足感は力です。

感性目覚めの性質

感性の範囲（bound）は無限です。つまり、私達が現況に対して何処まで感性を働かせるか、その感性の目覚めは瞬間でありながら、その対象に無限に継続し意欲する性質に在ります。ただ、感性の必然性は現況を超越するのです。この必然は感性独自のqualityです。

例えば、国に対し英雄を志す想いが、もし、感性目覚める想いでなければ、感性の必然から外れ、彼の想いは続かず不安定となる錯覚なのです。

人が本当に恋する想いに目覚めると一途になる必然性は私達に感性目覚めの原理を

教えています。人は本当に美しい想いを獲得すると永遠不滅に、その美しさに向かい続ける、この道を歩く必然の獲得が美人の秘訣なのです。

魔法の如く想像力に因り、目覚める感性は向かい続ける美しさ（対象）を浮上させるはず。つまり、想像力は美しい感性の一体化する必然のリズムを発生させるのです。例えば、人は誰も、心に残る素晴らしい人や経験に逢うと、その想い出の人物の真似をしたり、想い出の場所で想い出の食べ物をテーブルに置いたりするのです。この想いは紛れもない目覚める感性の必然性の継続なる現象です。時が経過する中での人の感性の想いは、想い出の再現を計画し、その想いの享受を何回も試みるのです。このけして忘れることができない感性目覚める想いが示す無限に続く不朽不滅の必然性が、その証しです。

従い、感性目覚めのリズムが自らの身体と一体化する生命として連続存在するとすれば、感性の目覚めが美しいほど、実は、ご自身の身体はリズムに従い血液の如く美しく動き連続するはずです。目覚める感性の quality 次第で、感性目覚めのリズムは自身を美しくするのです。

感性目覚める証しは？

私達は時と空間から観て初めて、現実的な価値判断に基づく把握の態度に近づくと言えます。これは現実状況に対する主体性（subjectivity）となります。その主体性に自分の価値観を踏まえ把握し想像した時、必然に人は誰も何を焦点に主体性を発生させるでしょうか？　誰も、ご自分の好みやセンスのよい美しい素晴らしい価値判断を欲ばり入れていくはずなのです。しかし、感性目覚める主体性とは限らないのです。では、感性目覚める主体性であるか否かは如何にして認識できるでしょうか？　それは本人自らが自ずと認識できる無限に想いが続く必然性で証されるのです。感性の目覚めは瞬間でありながら、その天恵の証しとして感性目覚める対象に無限に向かい続けるからです。感性の目覚めは人の美しさ（価値）に向かい続ける始まりと言っても過言ではないのです。つまり、感性が目覚めさえすれば、その一瞬の美しい想いも、その必然性から無限に不朽不滅なる美しさに向かい続けるのです。一瞬の美しい想いに向かい続ける必然性はリズムとなり身体を駆け巡るのです。

一瞬に発生した感性のリズムは現実を超越し永遠不滅に活きます。何故か？　それは感性の目覚め自体が一瞬にして対象と一体化する必然の生命のリズムだからです。

感性のリズムとstory

《story「想いのリズム」

愛犬ノンの他界から、レナは夜の夢にノンが現れることを毎日期待しています。しかし、なかなかノンは夢に現れない。彼女はせめて夢であれ、現れるノンを抱き寄せたかったのです。

レナは庭が好き、彼女は自分独りが住む家をたいしたことはないと思っていますが、庭は気に入っています。門から入ると右手に薔薇が咲き、そのまま進むと玄関に、この小さな道に感謝しています。叔母が持ってきた薔薇の苗木が、こんな沢山に咲き小さな道を豪華にしてくれる、門から素敵な男性が入って来て、こちらを見る…その姿をいつも想像しましたが、素敵な薔薇を背景に出逢う彼と彼女の名場面はありません。彼女の想像する想いは、庭の小道を出逢いの場に映し夢物語が始まりそうです。そんな彼女はいつも想像が発展すると簡単なstoryを想い描き自分に「頑張れ」と言いながら、独り、庭の美しい赤とピンクの薔薇を眺めるのです。

そんなある日、レナは留守番で友達の飼っているワンちゃんの世話を頼まれます。友達のマンションは道路沿いにあり、その二階の窓から友達のワンちゃんは顔をのり出し彼女を待ち、帰りも自転車に乗る彼女をいつまでも窓から見送ってくれます。

こんな日が続く中、奇跡が起きます。留守番をする友達のマンションの部屋で、ワンちゃんの昼寝につられた彼女が、うとうとしてしまったその時です、夢を見たのか、錯覚か、縮れた毛で覆われたノンの柔らかな体を見たのです。一瞬の驚きに目を覚まし辺りを見ましたがノンの姿はありません。当然、あるわけはないのですが、不思議な体験に名残惜しく、そのせいか、その日の夜、彼女は初めてノンの夢を見るのです。それは意外な予想外の夢、ノンは夢の中で、いきなり友達のマンションの窓から飛び降りてしまうのです、心配する夢の中の彼女は泣きます。何故、こんな夢を見るのか、わかりません。しかし、次第に彼女は、この夢に感謝をします。その夢がノンとレナを一体化してくれる感じがしたからなのです。ノンは非常なやきもちをやく、レナがよそのワンちゃんを撫でると、ノンは邪魔をし必ず出てきます。レナが自転車で帰る時、きっと、ノンは友達のマンションの窓から彼女を見てて飛び降りてしまう、そんなノンが彼女を追うのは当然なのです。

ノンとレナを一体化させる懐かしいリズムの流れは、彼女の予想外の想いに運び、レナの想いのリズムは友達のワンちゃんからやきもちやきのノンを出現させる、このノンとレナのリズムは永遠不滅に彼女の中に存在しているのです。

人の「想い」は知らず知らずのうちに「感性目覚めるリズム」を存在させ、そのリ

料金受取人払郵便

新宿局承認

7552

差出有効期間
2024年1月
31日まで
（切手不要）

郵便はがき

1 6 0-8 7 9 1

141

東京都新宿区新宿1－10－1

(株)文芸社

愛読者カード係 行

ふりがな お名前		明治 大正 昭和 平成 年生 歳
ふりがな ご住所	□□□-□□□□	性別 男・女
お電話番号	（書籍ご注文の際に必要です）	ご職業
E-mail		
ご購読雑誌（複数可）		ご購読新聞 新聞

最近読んでおもしろかった本や今後、とりあげてほしいテーマをお教えください。

ご自分の研究成果や経験、お考え等を出版してみたいというお気持ちはありますか。

ある　　ない　　内容・テーマ（　　　　　）

現在完成した作品をお持ちですか。

ある　　ない　　ジャンル・原稿量（　　　　　）

書　名				
お買上 書　店	都道 府県	市区 郡	書店名	書店
			ご購入日	年　　月　　日

本書をどこでお知りになりましたか?
1.書店店頭　2.知人にすすめられて　3.インターネット(サイト名　　　　　)
4.DMハガキ　5.広告、記事を見て(新聞、雑誌名　　　　　)

上の質問に関連して、ご購入の決め手となったのは?
1.タイトル　2.著者　3.内容　4.カバーデザイン　5.帯
その他ご自由にお書きください。
(　　　　　　　　　　)

本書についてのご意見、ご感想をお聞かせください。
①内容について

②カバー、タイトル、帯について

弊社Webサイトからもご意見、ご感想をお寄せいただけます。

ご協力ありがとうございました。
※お寄せいただいたご意見、ご感想は新聞広告等で匿名にて使わせていただくことがあります。
※お客様の個人情報は、小社からの連絡のみに使用します。社外に提供することは一切ありません。

■書籍のご注文は、お近くの書店または、ブックサービス(0120-29-9625)、セブンネットショッピング(http://7net.omni7.jp/)にお申し込み下さい。

ズムが消滅しない理由は、本来（nature）の美しい想いに限り無く向かってしまう感性の必然性に他なりません。

レナは、この夢の出来事から、何かに運ばれstoryを想い描きました。それはレナ自身の想像を超えた必然のstoryだったのです。


レナの想い描くstory「ユズ嬢の想い」

素晴らしい美しい庭園に素敵な馬車が到着します。この庭園のある御屋敷には美しい二人の娘様がいます。馬車から降りるプリンスは姉のドミナ嬢を時々、訪問します。見送るいつも、彼女は素敵な窓から顔を見せ、彼を見送る帰りも窓から顔を見せます。見送る時、本当は窓越しに彼女は飛び下りたいのですが、御嬢様として、そんな下品なことはできません。美しい庭園に美しい窓から顔を見せる彼女。その雰囲気はプリンスを呼び寄せる様に晴れた日にはそよ風まで美しくなります。

そんな姉に負けず素晴らしく美しい妹のユズ嬢は、プリンスの訪問を知っていますが、恥ずかしがり屋で一緒には出て来れないのです。本当は、プリンスである素敵な彼に会いたいのですが、恥ずかしがり屋の彼女はいつも自分の部屋にじっと静かにしているのです。プリンスの最初の訪問に素直に出て行かなかったせいもあり、続くプリンスの訪問は知らない間にプリンスと姉との約束ごとの様になってしまったのです。

そんなわけで、プリンスはユズ嬢が、この御屋敷にいるとはいまだに知りません。彼は、この御屋敷に来て、姉に会うだけで、妹への意識は無いのです。姉が妹の話題を出さない限りプリンスが妹を意識することはなかったのです。

美人ほど、自らの存在の行方を想像するのです。実は、ユズ嬢は、いつもプリンスにひと目だけでも自分を観てもらいたいと想っていたのです。彼女は、彼への想いを心に秘めていました。そんな彼女の想いを知らないプリンスに自己中の姉のドミナ嬢は、妹の話題は一切出しません。ドミナ嬢にとっては、ユズ嬢の恥ずかしがり屋なところが彼女をプリンスに会わせない口実に都合が良かったのです。

二人の娘の父親は、二人の個性を考え、日常の二人へのプレゼントを色ちがいにしました。例えば、姉のプレゼントの品物を赤にし、妹は控え目な色のピンクにしたのです。そんな生活のせいか、姉は妹よりいつも目立つ存在で、妹は、その性格から控え目な生活に慣れたのかも知れません。その性格のユズ嬢だけにプリンスへの意識は想いを寄せるだけでも恥ずかしさがこみあげ、誰かの助けをかりない限りユズ嬢にはプリンスにひと目だけでも観てもらう様な機会は無いのです。

ある日、父親の会話から、プリンスが戦場に行く情報を耳にします。二度と会えなくなる哀しい感覚にユズ嬢は襲われます。そんな彼女は天に奇跡を祈るしかなかったのです。

「ひと目だけでもプリンスが、この私を観て下さる機会を…」と彼女は天に毎日祈りました。

それから何日か経った晴れた日のことです、いつもの様に美しい庭園に馬車が来ました。今日のプリンスは素敵な軍服姿でした。いつもの様に姉の部屋に寄り、プリンスは帰ります。そして、彼が庭園に待つ馬車に向かう時です。突然、天が暗くなり、その瞬間、大雨が彼を襲ったのです。とっさにユズ嬢は父親からプレゼントされたピンクの傘を持ってプリンスに向かったのです。その気配に後ろを向いた彼は唖然としました。プリンスがびっくりしたのは、素敵なピンクの中に女神の如く美しい娘が自分に向かってくるではありませんか、美しいユズ嬢の素晴らしさだったのです。

美しい庭園の馬車に向かうピンクの傘、その中から迸る二人の恋人の声が辺りを明るくしました。次第に奇跡の雨は上がり、ユズ嬢とプリンスを乗せる馬車は庭園を出たのです。》

このstory「ユズ嬢の想い」からレナの世話をする友達のワンちゃんの立場が想像されます。レナは友達のワンちゃんに触れてはいても、実は、愛犬であったノンの想いのリズムの中にいますが、感性の目（imagination for sensibility）は、これを超越します。レナの感性の目が友達のワンちゃんとの美しいリズムに気がついたのです。

横浜そごうでの早川玲生コンサートの御客様や読者様は気がつかれたかも知れませんが、実は私の著書『美しく奏でる』に収録されるstory「フランボワーズ（ピンクの薔薇の想い）のプリンスはいつも赤い薔薇ばかりを観てピンクの薔薇には気がつきません。そんなプリンスに恋する想いを懐くピンクの薔薇は、彼の間近い死を知りながら、いつか彼に自分を手にとってもらいたいと思っていました。」は「ユズ嬢の想い」における感性のリズムを気づかせます。つまり、storyのリズムに気がつくことで、認識できなかった感性のリズムを気づかせるのです。

感性の目（imagination for sensibility）に目覚めるとは、想像力に因り感性のリズムに気がつくことです。storyは、その必然性を運んでくれるのです。storyは仮説の性質に従い感性のリズムを気がつかせる役割を担います。人はstoryによる仮説の工夫応用に因る感性目覚める必然性に気がつくと、教育にも感性が必要不可欠とわかります。storyに流れる感性目覚めるリズムに一体化し自らの感性が目覚めれば、目覚めるリズムの生命を身体に響かせられるのです。

従い、人は美しい感性響かせる仮説storyの工夫応用に因り、その必然性から美しくなれる。何故なら、美しい感性目覚めるリズムに自らが一体化していくならば、一体化故に発生する流れに従い、その身体には当然、美しいリズムが流れ動くからです。何故、storyへの「想い」から自らをstoryと一体化しやすいか？　それはstoryの性質に「流れるリズムの生命」が存在するからです。

美しい想いに再度出逢いたいと思った瞬間から感性は目覚めに向かい、それは想像力に因る感性の目（imagination for sensibility）の必然性が限り無く続くことで証されます。storyの中での主人公に美しい想いの出逢いを応援し願い想像する私達の必然性は、感性の目覚めが感性の目（imagination for sensibility）の必然から限り無く運ばれ続くことを証しているのです。

感性の目覚めに因り、storyと自己が一体化すれば、自らの感性のリズムの必然性に気がつき、その時、眠りから覚める感性が始まり、想像力は自らを響かせる感性のリズムに向かう、それは感性の目（imagination for sensibility）の始まりの様に、ずうっと私達を想い続かせるリズムに乗せます。これが私達を美しくするリズムなのです。この必然が美しくする力です。

《(注）ヴァイオリンやフルートがピアノより妙技として有利なメリットは何でしょうか？　それは単音の継続です。同じ音を延ばす妙技です。速い指さばきで誤魔化せない単音の美しい伸びや抑揚は、ひとつの世界であり、生命となります。つまり、妙技次第で単音にもリズムが発生します。この美しい単音のリズムに出逢う時、メロディーさえも、その装飾にされてしまう時があります。音の流れるリズムはメロディーだけでなく単音にも存在するのです。何かに向かうが如く続く単音、換言しますと繰り返し聴いていたい単音の発生は生命であり、それ故、流れるリズムが存在しているはずなのです。ここに単音と自らの感性は一体化しているのです。従い、一体化から生命が発生し単音と自らの一体化の中には、当然流れるリズムの必然性が存在します。要は、単音と一体化する自らの感性の必然性に因るリズムが発生するのです。メロディーも感性に因る一体化次第でリズムが発生するか否かが懸かっています。単音にリズムが流れ存在する必然性は単音に存在する生命を証すのです。著者は数年間の横浜そごう定期早川玲生コンサートでのフルート演奏で、これを試み、単音の流れる抑揚の妙にチャレンジしました。(story「フランボワーズ」での「そよ風の誘惑」の風の表現で、やわらかなソフトな単音の抑揚表現は、その一例です。DVD記録)》

リズムは美しさの命です

その理由は、美しさに目覚める感性の想いに因り、そのリズムが発生し、その瞬間から永遠不滅に、その美しさに向かう生命を宿すからです。リズム無くして美しさはありません。リズムは一体化する生命に限り無く向かう「流れの必然性」だからです。

美しく感動する対象が何であれ、人は、その対象と一体化し、自身の胸の鼓動を覚え、このいつまで続くか分からない自身を響かせる正体にずうっと向かうのです。これが命在る感性のリズムなのです。

好きな人に出逢い、胸の鼓動を覚えたなら、その瞬間から感性のリズムに目覚め、実は、美しさに永遠不滅に向かっているのです。

忠犬ハチ公の美しい想いのリズムは主人との再会に向かい続ける生命の必然性です。人は一瞬でも「もしかしたら、もう二度と会えないかもしれない」と社会的判断から推測し、その時、リズムの必然性の生命は発生しません。ハチ公の主人と一体化し流れるリズムは永遠不滅にハチ公が描く主人との再会の場面に向かい続けるのです。これを想う私達も一瞬にして感性のリズムの必然性から、その美しい想いの流れに向かうのです。

美しいリズムを実感すると必ず美しくなる。何故なら、美しいリズムの実感は感性目覚める生命誕生の獲得瞬間の証しであり、その流れる必然性が美しさに永遠不滅に向かい続けるからです。美しい想いのリズムの必然性が、想う人に美しさを運んでくれるのです。

一瞬の美しい想いでも、その証しは永遠不滅に向かい続ける必然性で判ります。これさえ叶えば、美しいリズムが発生し、これを実感すれば、必ず人は美しくなるのです。

過去に獲得した感性目覚めに因る想いは一瞬であっても、その美しい想いに永遠不滅に向かうリズムの発生に運ばれ、それは想像力で活かされます。つまり、感性目覚める想いのリズムは時間の経過を超越するのです。換言しますと、人の「想い」に永遠不滅の生命を与えるもの、それは感性のリズムなのです。

何故、人は素晴らしい美しい想いほど取り返したい意欲の如くもう一度だけでもと、忘れないのでしょうか？　それは対象に対する同感（sympathy）という瞬間故に発生する不足感を取り返す想像力が美しい瞬間の同感の想いに向かい続けるからなのです。瞬時なるが故に発生する美しい同感と不足感の二重奏は「あるもの」に向かい続け運ばれる必然性に在ります。「あるもの」とは何か？　それは瞬間に獲得した美しい同感の想いです。だから、私達は、ちゃんと食事をしなければならない様に、素晴らしい美しい想いの同感の瞬間を獲得しなければならないのです。この瞬間は同感と同等な不足感を原因（原動力）として生命を発生させるのです。その生命に流れる必然性の力とは何か？　これがリズムです。ですから、私達は美しい瞬間（同感）をちゃんと獲得すれば感性のリズムの必然性なる力を発生させるのです。恋人に向かうけして忘れることのできない想いほど美しい力はないのです。美しい想いに向かう素晴らしいリズムの必然性の力が湧いているのです。美しいリズムが美しい力を貴方様と一体化させるのです。

例えば、私達は素晴らしい美人、素晴らしい花、素晴らしい宝飾を身近な対象と思っているでしょうか？　何故、人は宝飾を身近なものと思わなくなってしまったのでしょうか？　貴族でない庶民が宝飾を持ってはいけない昔の風潮のせいでしょうか？　宝飾が素晴らしい美しいものである限り、これを抑える理由はないのです。宝飾を要らないと感じる思い違いほど哀れなものはありません。社会的影響を外し宝飾の所有に関係なく、宝飾を欲しいと感じ想う力を私達は強く自覚しているでしょうか、鍵は宝飾等のパワフルな力と不足感です。ズバリ、正確に申し上げますと宝飾等のパワフルな力を欲しいと想い続ける必然の力です。心底から最高に美しいと感じる対象を欲しいと想い続ける徹底さは、その想う人を美しくするのです。何故、想い続けるのか？　それは、目覚めの必然の命が瞬間だからなのです。つまり、瞬間の美しい目覚めと、その瞬間の取り戻そうとする不足感から想い続ける必然となる私達を感性と想像力は、美しいパワフルな力のリズムへと流れ巻き込み運んでいく必然を発生させるからなのです。私達の目覚める想いの必然が美しい必然のリズムを発生させます。

要は、想い続ける徹底さです。心底から美しい対象を（不足感を原動力にして）身近な感覚に想い続けることが、貴方様を美しくするリズムに運んでいくのです。

storyと夢

「完璧」に欠点が実在するとしたら、それはいったい何でしょうか？　私達は、これを真剣に考えたことがあるでしょうか。例えば「完璧」でないからこそ、私達は何かの必然に向かい続けるのです。もし、その向かい続ける必然が美しいリズムであったらどうでしょう？　この力が「完璧」には無いのです。必然の夢から美しいリズムに運ばれることもあるのです。

話題にシンデレラのstoryが出た時、誰も一瞬にして、その物語の筋書きを頭に描きます。何故か？　それは人がstoryと一体化（in a body）しているからです。感性（sensibility）は、その同感（sympathy）する対象と一瞬にして一体化します。つまり、正確には一体化する故に、そこには生命が存在しているのです。従い、感性がstoryに同感すると必然に感性は、そのstoryに一瞬にして一体化する様に、人は感性に目覚める瞬間、その状況に運んだ過去の生活をも一瞬にして想い出せるのです。けして忘れることのできない想い出が浮かぶ時、人は一瞬にして感性が目覚める。これは人が既に自覚次第で経験するところなのです。

感性が目覚めると想像力に因り一瞬に過去現在未来へと追想され、さらに追求する必然へと運ばれ、その実感に及ぶ。何故、一瞬であるのか？　それは感性が時空間を超えstoryの如く流れる状況と自己とが一体化し生きる必然の魂だから。人は一枚の写真から全てをも実感し涙するのです。

もし、過去や前世を現在の夢で体験したとしたら、さらに、その体験する前世の世界から夢みる現在は、前世（過去）から未来を夢みたことになります。予知夢の事実は、その証明を残しますが、私達は現在の夢から未来をも体験できるのでしょうか？つまり、経験や時間を超越する夢を肯定する時、そこで自由自在に未来にまで飛ぶ魂を私達は否定しきれないのです。

夢の中で感性が目覚める時、感性は想像力と同様、時間を超越するのです。十分間の夢に異性と数時間デートした経験を私達は否定できるでしょうか？

《感性が目覚め、その美しさに向かい続けると、予知するかもしれない想像力は駆け巡り感性を時空間から超越させ休み無く感性のqualityは知らず知らずのうちに育成されます。この必然の流れは夢にも及びます。彼女の声なき想い続ける追想は夢を媒介に甦るのです。》

story「王女Pyumi（夢を媒介する想いの必然性）」

森に近いお城にPyumiという王女がいました。麗しい王女様は上品でピアノの名手、そのピアノの流れは、お城まで美しい雰囲気を漂わせます。しかし、誰もはっきりと彼女のことを知る人はいません。ただ、桃が大好きな姫様であるとの話題が残りますが、そのほかのことは誰も知らないのです。それは彼女があまり口をきかない王女様だからなのかもしれません。

彼女が桃の王女とされた所以は、ある時、古い桃を王女様へ献上した者が彼女から無視され世の恥となった話題にありました。王女様は目を閉じても桃を見る前から桃の良し悪しが判るのです。桃が好きな王女様は良い桃を献上されると、その閉じた目をゆっくりと開き、礼を尽くし歓迎するのです。

ある日、お城の近くの森をひとりの少女が歩いていた時のことです。彼女は漂う桃の香りに気がつきます。美しい上品そうな素敵な男性が林の中から、こちらを観ている様な気配と桃の香りの誘いに彼女はうっとりしたのです。毎日を貧しく暮らす彼女は一瞬、辺りを見ましたが誰もいなく、それでも何故か恥ずかしく感じる感覚に、また少し歩き振り返りました。彼女は夢を見ていた様な気持ちに襲われたのです。

この時から彼女は、近くの森に興味を懐く様になり、今まで何とも思わなかった森が素敵な森に感じられたのです。あまりにも一瞬の出来事だっただけに、その一瞬の記憶を貴重と思う自分が不思議です。素敵な男性と桃の香りの記憶に固執する自分が恥ずかしく、そんな自分の気持ちのやりどころにも気になってしまう彼女は、この一瞬の記憶から追想してしまう日々になったのです。

しかし、意外なことに追想の毎日が続くことによって、何かが甦り生まれてくるのです。それは彼女の夢の中にまでやってきたのです。いや、夢の中の方が実感する感覚がより強く感じられ、そして、目覚めの様に彼女は気がつきます。自分が幼い時から好きだった桃の香り、好きだった人がやさしく食べさせてくれた桃の香り、彼女は、この桃の香りを忘れかけていた自分に気がつき、この一瞬に飛び込んだのです。その時です。なんと、辺りは美しい花園になり、彼女は目の前のお城に入ろうとしていたのです。彼女は一瞬の想い出した桃の香りの目覚めから大きな城に入ろうとしている自分がわかりません。ところが彼女を見るや否や、周りの家来が彼女の足取りをお城の中へと運んで、彼女は美しい豪華な椅子に座ったのです。

重臣らしき人が言いました。

「王女様、先ほどから隣の国の王子様がお待ちしております。どこへいらしたのですか？　心配していました」

彼女は僅かな時間に姿を消し家来を心配させていたと言うのです。

そして、暫くすると、彼女の前にやってきた美しい男性が微笑して言いました。

「やっと貴方様にお会いできました」

この美しい男性は、隣の国のプリンスでした。

もしや、あの桃香る林で私を観ていた彼では？　でも何故？　彼女は感覚だけの判断で何もわからず言葉が出ません。しかし、彼女は、次の一瞬に自分でも信じられない声を彼に向けることになるのです。その声を出す一瞬の必然なる力が、なんと彼女の一瞬の追想から甦る様に生まれるとは、この時、誰が予想できるでしょう。それは彼女自身にとっても奇跡の一瞬の追想から生まれる声なのです。

実は、彼女は家来の忠告を無視し森に独りで入り、道に迷い出口を発見出来ないまま森の中で眠ってしまったのです。ここまではなんとか思い出してくるのですが、びっくりすることは、自分が王妃であることを思い出したことなのです。いったい私は誰?と、思うしかなく、なんであれ、森で眠ってしまった自分を頼りに彼女は自分を取り戻そうと追想を続けたのです。

一瞬の追想なのに、彼女はひとりの美しい青年の記憶に近づきます。

「彼は美しい目で何かを私にくれた」

その時から彼女は恋心を懐く自分を思い出し、この思い出から、不思議に桃の香りが彼女に流れ始め、彼女は目前の素晴らしい服の袖口から出ている我が白い手を眺めます。

「貧しい私は、あの林で私を観ている気配を漂わせる桃の香る美しい男性の想いから、何かが始まり、ここへ来た。これは夢なのか、夢でなければ、今までの私は？　ただ、忘れられない想いの続く力が私を運んでいる、これだけは夢でない」

こうして彼女は追想を続け、彼女はいつの間にか王女自身になっている自分に気がつきます。長く生活してきた少女時代が一瞬にして夢と化した実感が王女様に残るとすれば、それはもう彼女の夢の中なのです。

一瞬の追想の中で思い出してくるものは、けして良い想いばかりではなかったのです。

誰かが私に名前をつけた記憶が甦るが、何か言いたくても声が出ない。誰かが自分に「出ていけ」と言っている。何か食べたい、美しい服もほしい。ただ、諦め、自分の汚れた手を見るしかない自分が出てくるのです。そんな自分が声を出す気になった記憶が甦りそうになりますが、声が出ないのです。

「そんな私を美しい桃の香りが応援してくれる感覚が流れる。不思議な桃の香りが、ずうっと私を観ている、その気配に押され、私は美しい目を想い続けている。美しい素敵な目を輝かせる彼にお礼を伝えるだけなのに、私は、それさえも出来ない」

想い馳せる男性に対し声が出せない少女の想いが思い出されてくるのです。

こんな記憶の一部が美しく上品な王女様の頭の中を過る一瞬の信じられないくらい長い少女時代は王女様の夢だったのか、彼女は今でも、自分が王女様になった夢を見ている少女なのです。彼女は何故か、人の声がきこえるのに口がきけなくなってしまった少女。その名はkaori、彼女は声を出せず、誰かに話し伝えようとしている、そんな彼女に桃の香りが流れ、彼女に心の声を想い続けさせるのです。

信じられないくらい僅かな時間の夢は少女時代の長い生涯を流れ、それは王女であることを忘れかけるくらいの夢、しかし、この夢は、王女の本当の自分の声を目覚めさせるかの様な追想の旅立ちに感じられるのです。

想い続かせる必然性、夢から覚めても想い続ける力が桃の香りを運び、その桃の香りが恋心の声を想い出させ待っているかの様に彼女に夢の命を与えるのです。

Pyumi王女はあまり口をきかない人。桃が大好きで桃をくれた人以外、口を簡単に開かないのです。そんな生活から、彼女は好みの男性が現れても恥ずかしくて話せない。実は、これがPyumi王女の自らつくった悩みなのです。彼女は、ある国の男性の桃の手配でさえ、自分を読まれている様で、その恥ずかしさに怒ってしまい、彼に口をきけなかった。そして、彼女は森に逃げたのです。

意外な一瞬の追想から、彼女は今日の来客のプリンスに口をきく勇気が出てきます。その力は夢から覚めた彼女に今でも夢の追想の想いが流れているからなのです。

彼女は気がつきます。「この続く想いの力が声を出してくれる気がする」それは初めて彼女が声を出す必然の意欲だったのです。

王女様は幼い時、天国へ旅立ってしまった母親の王妃がピンク色の服が好きで、そのせいか、果物の中で桃を選び、その時だけ、あまり口をきかない王女様は少し元気な顔を見せたのです。美しさにも恵まれた彼女は自分で何が欲しいのか、それさえもわからない王女様。家来たちは気を使い、王女様は桃の他に何にご興味があるのか考えますが、誰もわからず、びっくりすることは、母親の王妃が他界してから彼女に言葉が無いのです。つまり、王女様に対する家来たちにとって、桃は重要なものだったのです。

指先から輝き美しい目をした素晴らしい王女様は目の前の桃で機嫌をとる家来たちの姿にはうんざりし、何か、わからない恥ずかしさだけが残り、顔は寂しくなってしまうのです。そして、彼女は自分の言葉を忘れるのです。彼女は気持ちを伝える想いを知らず、そういう自分がわからない人になってしまうのです。これが全てに恵まれる王女様の心の病だったのです。そんな彼女は、今回の夢の目覚めから、その夢が何かを与えてくれると思えてならないのです。夢の全てが自身の命に感じるのが不思議で、彼女は夢の追想に走ったのです。

貧しく生活する少女のkaoriは夜の帰り道、美しいヴァイオリンの音を聴きます。

彼女はピアノの教師であった亡き母の影響から音楽が大好きです。今日は、街の灯りや人の声の中に漂う素敵な旋律が彼女を誘うかの様に案内しています。どこから聴こえてくるのか探し歩き、たどり着く街角の建物の窓を覗くと、美しい男性が音楽を奏でていました。そばに楽譜をのせたピアノはありますが伴奏が無く、せっかくの素敵なヴァイオリンに何か寂しいものが感じられました。

「少しだけでもピアノの音を入れると素晴らしい感じになるのに…」

と少女は思いました。とっさにそう思った彼女は、思いがけない行動をとったのです。部屋の中に入りピアノの前に座ったのです。周りには粗末な汚れた服の彼女を観て「出ていけ」と言っている人もいましたが、彼女はヴァイオリンの流れに最高の音を与えたのです。観客は一瞬にして静まり、辺りは美しさ響く素敵な空間になったのです。

音楽のひとときが終わり、ヴァイオリンを奏でていた男性が不思議そうに言いました。

「君は誰なの？」

彼女は言葉が出ません。彼は、それでも、微笑して「有り難う、素晴らしい」と言って、テーブルの上の桃をくれたのです。そして、もうひとつの桃をナイフで簡単に切り食べやすい様に「一緒に食べない？」と言って、美しい桃の果肉を彼女の口に入れてくれたのです。彼女は桃が、こんなに美味しいものなのかと初めて思ったのです。彼の目は美しく、彼女は不思議な気持ちに襲われます。でも、彼女はひと言も言葉を出せなかったのです。

　この時から、彼女は忘れていた自分のピアノに気がつき彼の伴奏に励む想いが彼女を襲い始めます。貧しい生活の励みであり美しい悩みとなる追憶の毎日が始まるのです。しかし、そんな彼女の心の変化にも関わらず、その後の彼の姿は消え、また、再会できたとしても、ひと言も口をきけない彼女には寂しさが残るばかり、せめて、言葉が出ず無礼になってしまう自分の口のきけない言い訳だけでも彼に伝えられたら、そう、彼女は想うのです。

　彼女に桃の香りの想いが生まれ、その想いに運ばれる希望と悩みは彼女に追想を続かせた。彼女は、この追想を続けることによって毎日の心を支えたのです。

　王女様は、どこまでが夢で現実なのか、わかりません。ただ、わかること、それは桃、正確には桃の香りなのです。実は、王女様が目を開けずに桃を判断する鍵は桃の香りなのです。新しい桃は部屋全体に桃の香りを与えます。だから、王女様は香りを運ぶ新鮮な桃に敬意を表するのです。

《貧しい少女とヴァイオリン奏者の青年との出逢いは桃の香りに包まれた素敵な空間

の中にピアノを輝かせます。つまり、少女はヴァイオリンを奏する青年を見た時、その部屋を漂わせる桃の香りに出逢い、その流れに寄り添うピアノを弾きたかった。この瞬間から彼女に感性の目覚めを呼ぶ想像力や気力が起因し全てが始まったのです。

宿命は彼女を待ちます。感性に因る宿命には魂が宿ります。感性の魂とは？ 感性目覚める宿命の魂とは何でしょう？ では、少女がピアノを弾きたくなった正確な原因は何でしょうか、それは彼のヴァイオリン奏でる桃香る雰囲気に溶け込み一体化したい彼女の感性の延長なのです。その一体化したい彼女自身はピアノ伴奏しかないのです。そんな状況下の彼のviolinのために伴奏を、そう想う彼女の奏でるピアノに素晴らしい雰囲気を醸し出せないわけはないのです。

宿命の感性の魂は桃香るが如く、それればかりではありません。桃の香りは王女様の追憶の鍵。桃の香りがある限り王女様の追憶は続くのです。何故か？ それは彼女にとって桃の香りは夢や現実を超越し存在しているからなのです。王女様自身の忘れていることがあります。何故、王女様はピアノの名手にお育ちになられたのでしょうか？ ヴァイオリンを奏する彼を見た少女は最初、ヴァイオリンを奏でる桃香る雰囲気に一体化したく没頭したのです。その純粋な必然性は、彼の伴奏への意欲に没頭します。桃の香る素晴らしい雰囲気の流れに少女は溶け込みたく純粋にピアノを弾きたいと美しい心の彼女は天に祈ったのです。この瞬間が純粋な性質宿る感性目覚める必然の力となり、彼女は王女様の魂の如く携えているピアノの実力を発揮します。王女様も、この少女の想いを受け継ぐかの様に美しい想いを待ち続けピアノを奏でるのです。この感性目覚める想いに向かい奏でるピアノは王女様の魂の必然なのです。奇跡的な出逢いとなる少女のピアノの活躍を夢で経験している王女様の本来の魂はピアノの名手になるしかないのです。王女様の感性目覚める想像力には、彼のヴァイオリンを奏でる桃香る雰囲気に一体化したい少女の感性の命となるピアノがいつも存在しているからこそ、彼女はピアノに向かう。いまだに、王女様はピアノが大好きな自分の魂の意欲の不思議さを知りません。夢は本来の感性の実力の媒介を果たすのです。

有名なプラトンが「学ぶ事は想い起こす事」と言葉する原理が未来の予知にも暗示されるとすれば、つまり、次元を超え、過去も未来も魂が知っているとすれば、少女の意欲は次元の異なる王女自身の素晴らしいピアノの実力を借り、純粋な感性の呼ぶ宿命の力に因り全てを超越し素晴らしいピアノを弾いてしまうのです。

王女様も彼のヴァイオリンの伴奏を想う少女の魂を知っているかの様に、お城でピアノの美しい響きをひたすら漂わせ、その美しい響きが恋人を待っているかの様に想わせるとすれば、疑いなく王女様はピアノの名手なのです。

純粋な素晴らしい王女様の追想する桃の香る感性は、夢から夢を呼び起こし、全てを超越する二重奏なる時空間に目覚めているのです。

王女様は、実は、忘れているだけで、少女の生活の夢は何回も見ているのです。少女の魂が王女様の魂として時空間を往復するが如く王女様はピアノに向かうのです。》

相変わらず無口なお城の王女様との面会を待たされていた隣の国のプリンスは、彼女がピアノを奏すると聞いて音楽の話題をあれこれ考え、やってきたのですが、肝心な桃を忘れます。彼は王女様に関する情報を軽く考え、彼女との面会も形式的な外交と思っていたのです。ピアノ好きとされる王女様との話題獲得に、彼は途中、自分の音楽の師の家に寄り道をして、この宮殿にやって来ました。

桃を忘れた面会は無理にきまっているとの家来たちの忠言にも関わらず、生真面目なプリンスはひと言でもと王女様の前に顔を出したのです。

その時です。意外な奇跡が起きます。自分の目の前に現れたプリンスの姿を見た王女様が大きな素敵な目をして、こう言ったのです。

「桃は？　桃はどこ？」

プリンスは呆気にとられ、こう言うしかありません。

「桃はありません」

王女様は不思議そうに言いました。

「でも、素敵な桃の香りがするではないですか！　その中に入れてあるんでしょ！」

と彼の持ち物に美しい指先を向けました。

なんと、王女の素敵に輝く目が捕らえた王子様の持ち物は、ヴァイオリンのケースだったのです。

彼はヴァイオリンの名手で、いつも大切にヴァイオリンを胸に抱く王子様なのです。今日はヴァイオリンの師の家を訪問し、そのあとにやってきたのです。

王女様は彼のヴァイオリンケースを見たとたんに、ずっと前から続く我が桃の香りを自身の心に流し漂わせたのです。

この前代未聞の王女様の生き生きした言葉は周りの家来たちをびっくりさせます。

彼女は思います。

「何故、私はヴァイオリンケースを見ただけで素敵な桃の香りを想うのだろうか、この想う香りがヴァイオリンの響きまで想わせる力になってしまう」

本当に、桃はありません。王女様にとってヴァイオリンをかたちどるケースは、一瞬にしてヴァイオリン奏者の青年であり桃の香りであり、それは、あの美しく素敵に一体化し流れている空間なのです。

王子様は、彼女が彼に向かって初めて声を出し「桃」と言った瞬間、いつか何処かで会ったかの様な王女様の純粋な美しさに魅了されます。

二人は忘れていますが、これが、純粋な心の持ち主だけに与えられる時空間を超越し恋する再会なのです。

story説明（感性が証す夢の価値）

素晴らしい純粋な心の持ち主が夢と現実との狭間で生まれ変わる想いを実現する時、夢の中で夢を見るのです。

要は、夢であるか否かでなく、夢の中でも現実でも変わらぬ想いが感性の命なのです。

夢の中でも現実でも生き続ける想いは夢の中の夢でも生き続ける。だから、想い続く素晴らしい感性は夢の中でも現実でも活きる人の自然の生命（リズム）なのです。

つまり、王女様の追想の力となる桃の香りは彼女の感性（sensibility）なのです。

彼女の感性のqualityは「新鮮な桃」として、対象と一体化する感性目覚める必然性の要因を示しています。

感性目覚めるqualityの性質に従い、人は夢と現実との狭間で想像力を働かせ追想に及ぶ。この追想の中で素晴らしいqualityに出逢い、その同感（sympathy）した瞬間から、人は、その感性を目覚めさせたqualityを追想し、そのqualityとの一体化を夢においても現実においても限り無く求め追想し続ける。これが、本来（nature）が人に与える宿命の感性目覚める必然性です。

少女は素晴らしい感性の目覚めるqualityに出逢い同感し、彼女の純粋な想いの必然性は時空間を超越する瞬間に王女様に生まれ変わり、また瞬間に少女に舞い戻り美しい素敵な空間と一体化する。しかし、直ぐにやってくる逆境の想いから与えられる「不足（want）を補う必然性（伝えたい想い）」から、彼女は（王女様として）王子様に生まれ変わるヴァイオリン奏者の彼との運命的出逢いを待つのです。その必然性の力がひたすら想い続ける追想であり、出逢いと再会の実現の約束を証すかの様に、彼女に想い続かせる素晴らしい桃の香りを与えたのです。

再会の必然性は、美しさに同感（sympathy）し感性目覚めた瞬間に向かい求める一体化の力です。

その一体化を求める力の始まりは何か？　それは少女が出逢ったヴァイオリン奏でる桃香る部屋の雰囲気なのです。少女の感性の同感する必然は、その不思議な美しい雰囲気に同感し溶け込みたかった想いの力。その同感する感性の一致は、その雰囲気への一体化するのに不足を補う必然の力を呼び、彼女は「ピアノ伴奏をしたい」と想い、彼女自身の感性は、もう既に美しいqualityに向かっています。この始まりの必然こそ感性のqualityが育成する必然性であり、この必然性を引き継ぐかの様に王女様が夢を通じ想い続ける必然性は目覚める感性の命です。王女様は想い馳せる必然性から知らず知らずのうちにピアノに向かうのです。

王女様は、純粋な感性目覚めるquality（美しさ）を想像力で運び、夢を命とします。だから、彼女は、これが夢なのか現実なのかと思い、また、その純粋な気質から、これを疑わず、その美しさに向かい想い続け、彼女自身の感性の必然性は夢を見続けさせるのです。

彼女が何故、夢か現実かを判らなくなるか？　それは、王女様の感性が一瞬でも時空間を超越するからです。

感性は夢の中にまで活躍し生きています。むしろ、夢の中の方が活きる実力を感性は、そのqualityの育成を以て証明します。それは、逆境となる追想が続くほど夢の中で感性のqualityが育成するからです。つまり、王女様の感性は少女の夢の中で育成されているのです。感性は目覚めさえすれば、夢の中でも現実の中でも活躍する自然の力となるのです。

感性は夢の中でも目覚め、そのqualityは育成し、この必然性から、感性に因る夢の価値が証されるのです。

故に「現実と夢に一貫させる人の自然の実力」とは何か？　それは感性（sensibility）に他なりません。

人が夢から覚め、何かを気づいたり目覚めたとしたら、それは感性の仕業であり感性のqualityの育成に他なりません。重要な事は、夢にもqualityが存在する可能性です。何故なら、感性にqualityが存在する限り、夢のqualityは感性のquality次第に在るからです。つまり、夢の中でも目覚める感性のqualityは現実的に育成するのです。王女様は夢の中で少女自身となって少女自身の感性の目覚めを通して、自らの感性の目覚めを果たしていきます。実は、少女の心の不安定な不足感こそ王女様の感性育成の力なのです。

感性が「夢」の価値を証す時、感性の想いが夢を媒介にして美しさ（価値）を生じさせます。夢の中で感性が目覚める時、既に夢は感性のbodyになり、その夢から感性の命が活き、ピアノに向かう想いの必然性が湧くとすれば夢の力です。

お城で王女様の漂わせるピアノは夢の中での再会の伴奏に追想し待っている少女の感性の必然性です。だから王女様はピアノの名手なのです。

もし、夢の中で感性が目覚め、そして、夢から醒め現実に自らの感性目覚める想いに気がついたとすれば、夢を媒介に感性のqualityを育成させた証しです。つまり、王女様は夢の中での少女自身の想い続ける不足感を引き継ぎながら感性を目覚めさせ、この不足感が存在するからこそ、王子様を待つかの様に素晴らしいピアノを奏でる必然性が彼女自身につくられるのです。

王女様は夢の少女の想いを通して「王子様と出逢う瞬間の言葉」に、ずうっと向かい続けていることに気がつきませんが、彼に言葉したい少女の魂を王女様へ運んでいる美しい力の証しとは何でしょうか？　それは桃の香りなのです。

感性目覚める必然は何故、美しさに向かい続けるのか？

筆者は、貴方様自身の美しくなる必然の力に気がついて頂きたいと思っています。

釈迦の教えに通じる五眼（肉眼、天眼、慧眼、法眼、仏眼）を日常の想いに今の自分の判断は如何なる眼なのかと筆者は考えることがありましたが、ある時、ふと、気がついたのです。それは五眼に対する自分の目なのです。この五眼を傍観して采配しようと想い構える力です。この力は五眼に対するだけでなく、人は全てに対し傍観し想い、その方法態度を構える力の持主なのです。筆者が学生の頃、私の師である高島善哉氏（一橋大名誉教授）が会話の中で筆者に教えてくれたことは方法と方法態度の区別でした。つまり、方法（method）に対する方法態度（way）なのです。『如何なる方法をとるか？』という方法態度」の貴重さなのです。何であれ、五眼を客観する目があるとすれば、その目は如何なるものか？　それは感性と想像力に因る感性の目（imagination for sensibility）と呼ぶべき人の本来（nature）の想う力なのか？しかし、もっと興味深いことは、ふと思いつく力なのです。この思いつかせる力は何か？　そして、思いつくと、その瞬間から筆者をとりつかせる様に、ずうっと連れていく力、けして忘れることができない目覚めが襲う、その謎を解くかの如く不足感を補う必然性のリズムに乗ったのです。実は、これが感性目覚めのリズムなのです。このリズムが、もし、美しさに向かうリズムだとしたらどうでしょう？　恋をした瞬間から襲われる様に必ず私達は、とりつかれた様に、ずうっと美しいリズムの力に運ばれるのではないでしょうか。ふと思いつく様に美しい感性の目覚めを獲得すれば、その瞬間から、ずうっと美しさに向かうリズムに乗って連れていかれるはずなのです。ふと思いつく美しい感性目覚めから必然のリズムは自らの身体に美しい力を発生させるはずなのです。

筆者早川玲生は横浜そごうコンサートで「夢見るプリンセス（『美しく奏でる』に収録）」を演出しました。その演出storyでのプリンセスは夢の中で水中を泳ぎ、その途中、いきなり伝説の幻の魚チョンギッスにキスをされ目を覚まします。彼女は不思議な夢の中の魚にもう一度逢いたいと想いますが、なかなか、その夢を見ることが出来ない、しかし彼女にとって、けして忘れることのできない魚の夢になってしまうのです（この場面の曲に筆者はフランス語のシャンソン「Je n'pourrai jamais t'oublier」を選び「私は貴方をけして忘れることはできない」と、その題名を訳し当時、この曲の書籍での日本語訳は「再会」）。

プリンセスが夢の中で出逢った魚の正体とは遥か昔、川に落ちていく恋人の彼を追い求め魚になった彼女（チョンギッス）だったのです。この彼女にキスをされると必ず願いが叶うというstoryでの伝説を書いた筆者の意図は「再会に向かう想い、その力」です。

「再会」が「けして忘れることのできない想い」となる時、想い人は美しさ（価値）に向かっているのです。

この再会に向かう想いは、その感性の瞬間なる必然の目覚める想いでありながら「想い続ける」という連続する感性の目覚める必然性です。

「『美しさ（価値）に値する人』に向かう絶えない想い」とは、絶えない感性の目覚めであり、要するに「（けして忘れない）感性目覚める力」とは「価値に向かう必然」に他ならないのです。

storyでのプリンセスも夢の中で出逢った幻の魚にもう一度、夢の中で出逢う想いを懐き続けます。このプリンセスが魚のチョンギッスにキスをされた瞬間は感性目覚める瞬間を暗示します。この感性の目覚めが絶え間無いプリンセスの夢の中の魚との再会の想いを必然化するのです。この想いの必然が、ずうっと続きプリンセスの心が甦っていくのです。想い続ける必然が力となってプリンセスの感性がさらに目覚めていくのです。

感性の目覚めは美しさ（価値）に向かい想い続ける原因であり、想い続けさせる力となります。感性の目覚めとなる「再会の想い」が「けして忘れることのできない想い」であるとすれば、この「想い続ける力」はどの様にして生まれるか？　この必然性の力に本書は触れ、この必然性から生ずるさらなる必然性の力の正体と価値に迫ります。

感性の目覚め無くして価値に向かう力は無く、感性の目覚めは瞬間の性質に在るのです。感性目覚める「対象の価値に向かい続ける想いの力」はどの様にして生まれるでしょうか？

まず、集中力とはどの様な力か？　集中力の性質が想い続けさせる力の正体に近づくことを教えてくれます。筆者の演出した横浜そごうコンサートは当時、意外な好評を受け、毎月追い詰められた様にステージコンサートでのstoryを書きましたが、これがかえって力を集中に向かわせました。人は追い詰められない創作には、その途中に他の別の何かを考えてしまうもの。毎月の一ヶ月間の演出の故に集中ができたのです。一ヶ月間に集中せざるを得ない状況を与えられ、一ヶ月経たないうちにという迫られ向かう気力の集中です。集中力の性質とは「対象に向かう絶え間無い継続し連続する状況」と言え、それは景色に感動し、その「感動が無くならないうちに、その絵を描く必然性の心境状況」に似ています。その状況には景色に対する感動が集中し続いているのです。この「感動が無くならないうちに」という不足感を予想し補う必然性が感性の目覚めから始まり本来の感性目覚める価値に向かい続けるのです。これを繰り返す必然性は感性の目覚めが瞬間であるからこそ起きるのであり、つまり感性は想い続けるのです。

集中の想いには実は継続させる力が生じているのです。この再会（価値）に向かう想い（集中する想い）の絶え間無い継続は何から生まれるか？　それは「美しさ（価値）に対する瞬間なる感性の目覚めが無くならないうちに」「夢がさめないうちに」という性質からやってくる不安感や不足感の連続に他なりません。この瞬間なる必然の感性の目覚めを維持しようとする絶え間無い要因が連続の想い（集中する想いの継続）に及んでいるのです。

つまり「再会」の「けして忘れることのできない想い」とは「感性目覚めた証し」です。この再会（想い）に向かい続ける力の原因とは何か？　それは「感性の目覚めが瞬間であるが故に生ずる不足感や不安感」であり、これを補う必然の連続が継続する力となるのです。換言しますと、感性目覚める瞬間の性質は自らの感性の目覚めに向かう想いを連続させ、その力を発生させます。何故なら、感性目覚める瞬間の性質は不安定であるが故に不足感を発生させ、これを補う様に、もとの感性目覚める価値（美しさ）に向かわせる必然性を発生させるからです。この発生は感性目覚める対象と主体（想う人）との一体化故に、瞬間という感性の宿命を維持し、その不足を補い取り戻す如く感性目覚める価値（美しさ）に向かうのです。その不足を補う必然こそが感性の目覚めを回復させ、この時、感性の quality は育成されるのです。何故か？それは「不足感を懐く感性」が「本来の quality となる感性目覚める価値（美しさ）」に向かい続け「育成（elevate）の必然性」を生じさせるからなのです。

感性の目覚めは瞬間の必然なる性質故に、その補う必然性の不足感を原動力として価値在る対象（美しさ）に向かい続けるのです。要は、感性の目覚めに因る「価値（美しさ）の存在」が誕生する必然性です。この「価値（美しさ）の存在」とは「価値（美しさ）に向かい続ける活きた感性の目覚め」に他なりません。

価値（美しさ）の存在とは、sensibility for beautiful（美しさに向かう感性）の必然性であり、感性の目覚めが瞬間であるが故に「美しさ」は「美しさに向かい続ける必然性」なのです。

何故「逃がした魚は大きい」と人は言うのでしょう？　この言葉の裏には「もう、あんな魚は獲れないかもしれない」と不足感を以て、その魚の貴重さを想像してしまうのです。ここに、その魚の存在感を人は不朽にします。この想いは「不朽に続く不足感を力とする『無いものねだり』の持続力」と同じ性質です。実は、この持続力に美しさに向かう感性目覚めの持続力は似ているのです。この持続力に美しさを求め続ける必然性の持続力が、感性目覚めの証しなのです。

プリンセスが夢に見た幻の魚は、彼女にとって「二度と夢に現れないかもしれない魚」になるからこそ、彼女の想いは、ずうっと続く。再会に向かって、ずうっと続くプリンセスの夢見る想いなのです。

必然性のconditionとなる一体化

対象（object）となる「美しさ」に感性が目覚め、その対象と人（自己）は一体化し、それ故に生命が発生し流れるリズムに向かいます。これが美しくするリズムのしくみです。感性の目覚め無くして美しさ始まらず、美しさの価値とは、とどまらない瞬間の連続する感性に懸かっています。つまり、感性の目覚めとは、平等に美しさを無限に追求する資格権利を持っている人間の自然（nature）であり課題です。釈迦が全ての凡夫に仏性が存在すると説いた如く、人の追求する価値（美しさ）に限界はありません。その証しを身近に私達に教えてくれるものは何か？　それは「憐れみが必然する美しさ」です。何故なら、その「美しさ」には本来（nature）から無限に力を湧かせ「『美しさ』に同感（sympathy）する感性（sensibility）の『限り無く追求してしまう必然性』」を否定できないからです。釈迦が凡夫に存在すると説いた仏性の如く「感性」の目覚めるか否かに懸かっている人の本来（nature）の実力を教えたのは「憐れむ必然性の美しさ」なのです。

自身を美人と思っている人より美人になりたいとに思っている人の方が美人に向かう力を無限に存在させます。その理由は、願いを実践し追求し美しさに向かい続ける態度に、対象と自己との一体化する生命の甦る美しい「流れ」が発生するからです。つまり、美しさの力の必然性は人と美しい対象との一体化する必然性です。美しさは、その人その人に懸かり、正確には感性が目覚めるか否かの狭間に「美しさの必然性」が懸かっているのです。

感性目覚める性質は瞬間であり、その目覚めに無限に向かう必然性です。換言しますと、感性目覚める美しさは瞬間なる必然の連続に存在し、それ故、美人にとって美しさに向かい続ける姿勢態度は絶対必要条件なのです。

私の著書『美人の秘訣』の副題となるSensibility for beautifulが「美しさに向かう感性」と訳されるとすれば、美人は無限に美しさに向かい続ける人の本来（nature）なのです。

誰も、人のセンスや上品さが学歴から得られないことを知っています。つまり、センスや上品さは学歴や社会的尺度では判断出来ない感性で感覚する価値判断なのです。社会的尺度の意識は感性の目覚めに関わらないどころか感性感覚を眠らせます。演説中や演奏中に「録音する」や「審査する」等の言葉を、その実行者に告げるや否や、当人に本来の行動感覚を遮る社会的評価を意識させる感覚が生じてしまう。これは社会的尺度が感性目覚める素材の存在を無視する証しであり、社会的評価の意識は感覚的行動行為の本来を裏切らせるからです。社会的尺度の意識から感性の必然性は得られません。感性の素材が活きれば、感性の本来は目覚め、価値に向かう必然に入ります。適する料理素材と同様、感性目覚める素材が、その状況と一体化すれば、美味しい料理の食事の如く感性は活き、その一体化（in a body）こそ、感性必然の命になります。何故なら、目覚める感性は対象（美しさ）と一体化すると自らの身体の健康維持美容の如く対象の美しさに向かい続けるからです。

美しい流れの発生（一体化に戻す不足の力）

美しさに無限に向かう必然性、それは感性目覚めの性質が瞬間であるが故に瞬間の目覚めが連続する必然です。

社会の如何なる活動であれ、そこには、条件（condition）に従い一体化（in a body）し流れる存在があります。しかし、その存在価値のqualityや育成（elevate）は未明です。経済現象を「流れ」と仮定すれば、その経済活動の価値は「流れ方」に懸かっています。人の如何なる動きであれ、そこに価値流れる現象が存在すれば、価値生産が始まり、人の言葉さえも歴史を動かし歴史のquality、文化のquality、人物のqualityは、その価値生産に懸かっています。つまり、美しい価値を重視すれば、その美しさは人のqualityから始まり、その流れ方は人の感性のqualityに懸かっているはずです。感性が人の本来（nature）の実力であるとすれば、社会における価値（object）に対する人の主体性（subjectivity）にまで感性の目覚めは及びます。何故なら価値（美しさ）は「流れる」発生と、そのqualityを命とする「流れ方」であり、これに感性の同感（sympathy）が及んでいるからです。

《注〔教育に及ぶ感性（誰でも感性を以て教育者です）〕

例えば「子供は嫌い」と思う教師が教師に不適性とは限りません。何故か？　子供を対象（object）に教師（subject）が教育の流れに入る時、教師は当然、子供と一体化しなければならず、その一体化する流れのqualityに教師は、自らのqualityを一致させ、二人のqualityの相違点（difference）を把握します。感性目覚める実力ある教師ほど、生徒と一体化し、その流れのqualityの不足感を実感するのです。教師の感性（sensibility）が子供のqualityを育成する方法態度に目覚めていると、その「一体化し流れる育成すべきquality」に向かう不足感から、彼の主体性は「子供は嫌い」と思うのです。

教師の適性に関する重要事は「教育の対象に対する教師自身の采配」ではなく「教育の対象に対する教師の不足感」なのです。何故なら、その不足感の実感が生徒と一体化する教師の力となるからです。生徒との一体化の不足の感のキャッチの力量が教師適性の第一条件なのです。つまり、生徒との一体化の把握なくして生徒と教師のリズムは流れません。

教師は教育関係という教師と生徒との一体感から必然に発生する不足感を如何に把握し補う洞察力の必然を手に入れるかで、その能力が決まります。実は、この能力の素材こそ、感性（sensibility）が価値に向かい続け一体化するに補う不足感なのです。

重要な点は、教師が生徒を自己以上に引っ張りあげ導く性質に在り、けして自己の水準を目標にしてはならない点です。何故なら、教育は憐れみの性質とは異なるからです。憐れみの目標水準は憐れむ自己の水準です。教育とは教師と生徒が一体化し価値目標に無限に向かう育成（elevate）となる感性の実践なのです。これが育成させる不足感を宿す感性の必然です。この必然性は一瞬の一体化から得た一瞬の不足感を補う必然性であり、それは「一瞬の目標に同感（sympathy）を許す一体感から得た美しさ（価値）」に限りなく向かう性質の力なのです。これが教師（親）の目覚める感性です。》

感性（sensibility）は対象との一体感を得なければ、感性の目覚めから自らの不足感を原動力にして価値（美しさ）に向かい続ける必然にはなりません。何故なら「感性の目覚め」から瞬間に一体化する必然は不足感を補う一体化に戻す必然に導くからです。同感に因る瞬間の一体化故に発生する不足感が原動力となって必然の連続として感性は価値（美しさ）に向かい続けるのです。

感性目覚める対象に対する同感（sympathy）の最低必要条件は、瞬間（感性の目覚め）から対象に向かう一体化の必然性なのです。

《「夫人の様に美しくなりたい」と感じ、夫人に近づき話したいと想う少女は、夫人の全てを熟知したく夫人の指先までを意識する。「一緒にお食事をしたい…」と願う少女の想いは己れの不足感を支点に己れと夫人との一体化に向かい、既に己れの必然の変化の発生を期待している。》

〔我が身に関わる想像から一体感を深め、これが「対象と一体化していく必然の感性」です。〕

憧れる夫人に対する少女の気力の支点は夫人に対する少女の一体感、実は、この一体感こそ、本来（nature）の感性目覚める瞬間に生じる同感（sympathy）を甦させ、少女の感性は育成に向かうのです。

素晴らしい対象に対して、もし、その素晴らしさから己れに生じる不足感を得たなら、感性の quality 育成する目覚めを得たと同じです。その不足感は、その想う主に、不足を補う必然性を与え続け素晴らしい価値に向かわせます。価値在る対象に同感し、その一瞬なる一体化故に不足感の想いを与える空間は、価値に向かい続ける感性の quality 育生を必然化させる存在に他なりません。

瞬間なる対象との同感（sympathy）の一体化故に、同時に発生する不足感を補う想いは想像力を働かせ、感性は、その一体化する価値に向かい続ける。この「一体化（in a body)」とは「流れ」の存在であり、その quality は「流れ方」に在り「body」

として育成（elevate）するのです。だから、人の上品さは、会話や面接態度は勿論、日常の行動を経なければ認識しにくいのです。

感性と想像力の必然性（流れの生命）

人の身体には血液が流れています。この「流れ」の根拠（ground）は一体化した身体（body）です。国における「流れ」が経済とすれば、その「流れ方」は、その経済状況を示し「流れ」を現象とすれば「流れる」は「一体化（in a body）している事実」を示します。つまり「流れる」は価値の最低条件（condition）であり、その「流れ方」は、その流れるqualityを示し、その命（力）です。人の美しさも同様です。この命を気づかせるものは何か？　それは人の感性（sensibility）です。何故なら「経（流れ）」に対する感性の価値は同感（sympathy）に因り発生するからです。

例えば、美しい人に同感（sympathy）し美しい人と一体化したい自己は美しい人との一体化した流れを想像します。素晴らしい美しさに同感する時、人は瞬間なる同感の故に瞬間なる自己の不足感を感じると、再び、その対象の美しさに向かいます。それは、無限の瞬間なる反復の如く、これが美しさに向かう感性（sensibility for beautiful）なのです。

流れる必然は一体化する証しであり、同感から流れる必然性は、その同感が瞬間なるが故に再び向かう「流れの一体化」に因り発生します。つまり「流れ」とは「一体化する必然性」の現象です。美しさ（価値）は、この「一体化する流れ」次第に在り、それ故「一体化した流れる美しさ」に向かう私達の不安定な不足感は、感性の育成（elevate）を必然化させる重要な要素なのです。美しさに目覚め同感した対象に対する自らの不足を補う必然性こそ、人を育成する本来（nature）の力（感性）なのです。瞬間の同感（sympathy）から始まり一体化に向かい流れる不足を補う必然性が感性のqualityを育成します。これを助ける力とは何か？　それは想像力に他なりません。想像力は美しさ（価値）に対する同感（sympathy）からつくりあげられた一体化の流れを維持し発展させますが、反面、その「不安定なるが故に発生する一体化の流れの不足」を補います。何故「同感」は「一体化した流れ」に向かい不安定なquality の不足感を発生させるか？　それは、同感が瞬間だからです。この不安定なる不足感が「同感した美しさ」に向かう必然を起こすのです。

人のつくるstoryほど、感性の試される仮説はありません。storyは時空間の流れの中に読み手まで一体化させ、その価値は読み手に懸かっています。

storyが人為人工の価値在る一体化する流れの仮説となれば、storyの応用に従い、人は、そのstory（in a body）の同感（sympathy）に因り、そのstoryに流れる価値に向かいます。これが感性を育成させる必然の工夫です。

流れの必然性をつくるstoryに一体化する感性が、そのstoryに従い必然化するのであり「流れ」の仮説となるstoryを「美しさ在る一体化した流れ」にする想像（imagination）は、人の感性（sensibility）に懸かっています。

storyに没頭し入るということは、自らがstoryの流れと一体化し、そのqualityに一致し同感している事実です。それ故、自らが「美しさに向かうstory」に同感することは、そのstoryの流れに自らが一体化している証しであり、その理由から、一体化故に、storyの美しいqualityは自らに同感し流れ、自らの感性のqualityは美しさ（育成）に向かうのです。

換言しますと、storyに美しい流れが流れていれば、そのstoryへの自らの同感（sympathy）は自らの感性のqualityの回復や美しさ（育成）に向かっています。つまり、人は感性流れるstoryの応用による自らの本来（nature）の感性を取り戻せる可能性を否定出来ないのです。

勿論、歴史社会、人工なる学校、国家、男女関係、そして二人の言葉にも美しい価値が存在すると、感性の同感に因り「流れ」が発生し、そこに美しい価値（quality）の流れる必然性が存在します。だから、美しさに対する同感に因り感性の活躍は美しく流れ、その育成に向かうのです。実は、人のproduceとは価値に対する瞬間の同感から想像され一体化するbodyに向かう「流れづくり」なのです。この担い手となるproducerは、この流れづくりに因り、己れ自身の感性を育成させるのです。

哲学者プラトンが陳述する男女球体説を「ひとつの球体であった男女が引き離され、かつての球体に向かいお互い求め続ける永遠の愛」として解釈するならば、この球体とは一体化する必然の流れるqualityなのです。流れる男女のqualityの同感（sympathy）は、瞬間の感性故に瞬間なる不安定や不足の性質なる一体化の球体の生命（流れ）に向かい、永遠に瞬間の感性を働かします。この必然性が価値（beautiful）に向かう感性、sensibility for beautifulなのです。

これに従えば「美人」に向かう永遠の連続なる同感（sympathy）を発生させる必然性が人を美しくするのです。つまり、美しさに向かう根拠（ground）は必然性であり、目覚める感性は、その必然性の力となり、これが美しさの正体と言えます。「永遠の美しさに向かう瞬間なる連続の同感」の必然性です。

同感とは瞬間の一体化

流れは価値に向かう必然、つまり、流れ（リズム）は価値の根拠（ground）であり美しさ育成の必然なのです。

歴史もstoryも流れであり、その流れかたで、そのqualityの美しさ（育成）が決まります。つまり「美しいstoryのbody」に同感（sympathy）することは、自身とstoryを一体化し同感の主を美しく流れる必然に運ぶのです。

私達は自分自身のqualityと対象（美しさ）のqualityの異なる状況下で、瞬間にして対象（美しさ）に同感し、自分自身と対象（美しさ）との一体化（in a body）を図り想像（imagination）しています。この状況に、同感が瞬間なるが故に、自分自身の感性目覚める同感の不足感が必然に発生し再度の同感を呼ぶのです。だからこそ、これをずうっと続ける必然性が私達の感性を育成する美しいリズムに運び、その実感に連れていくのです。これが美しいリズムの力です。

自分自身と対象（美しさ）とを繋ぐ一体感や同感（sympathy）を助けるもの、それは想像力（imagination）

瞬間の美しさとの一体化を想像する自分自身の同感（sympathy）は、美しさに従う自らの不足（want）から「一体化の補い」の必然性を発生させます。この必然性こそが感性の必然の力であり、美しさに向かうリズムです。美人に気がついて、ふと、「美しくなりたい」とは、これです。

人は美しい対象に感性を働かし同感し、その美しさと自分自身との一体化（in a body）に向かう必然性から、同感する美しさと一体化する、それは二人が一緒にテーブルを持ち上げる同意の一体化の必然と似ています。しかし、美しさと自分自身との同感の一体化は不安定なのです。何故か？　それは同感（sympathy）が瞬間だからです。つまり、感性における価値在る対象との一体化の維持継続は、その同感の繰り返しであり、換言しますと、美しい対象への同感は、その一体化に不足を補う必然の連続を呼ぶのです。それ故「同感の美しさに自分自身が一体化に向かう必然」は、当然、自分自身の quality を育成させていくのです。こうして、人は美しさへの同感（sympathy）に因り、自分自身の美しさを育成させるのです。つまり、美しさへの同感は、その美しさと一体化するに補う必然の人を美しくするのです。では、如何にして、その必然の人になれるか？　これが本書の迫る感性のリズムです。

例えば、美しさの力を持ち上げる力とすれば、二人で協力してテーブルを持ち上げる時、こちらが持ち上げる必然性は、相手の持ち上げる行為から発生すれば、その一体化に応える必要性は、こちらの不足を補う必然です。要するに、この「必然の構造」に「美しさに向かう私達の感性育成の必然性」が存在します。

つまり「目覚める美しさと自己との一体感の不足を補う必然性」は「自己の美しさ

育成の必然」を発生させるのです。

《（注）それ故『社会契約論』の著者であるルソーは「全員一致」を論じたのです。

（感性を接点とする筆者の見解）

感性における同感即一体化の如く個々人（subject）の「全員一致」なる対象（object）の同感（sympathy）に不足する感性は、全て一体化（一致）を補う必然性の力となるのです。つまり、あり得ない「全員一致の同感」は、その不足感を呼び、民衆の一体化する必然の力を一〇〇％発生させます。「全員一致」という言葉は不完全な国の想像と伴に一〇〇％の気力を想像させる力を運ぶのです。

このルソーの「全員一致」という仮説こそ、人（subject）の感性（sensibility）を現実の対象（object）に向けた主体性（subjectivity）なる方法態度と言えます。》

不足感から生まれ美しさに向かう感性は、自分自身の美しさを育成する「人の本来（nature）の必然なる実力」です。

感性育成のcondition・自分自身と美しい対象の一体化の因

美しい人（object）と一体化したいと想う瞬間から自ら（subject）の感性のqualityは育成します。何故なら、自らは美しい人との一体化に向かい、その不足（want）を補うからです。

《自分自身を醜女と思い悩む女性がいた。ある日、彼女の肩にポンと手を触れ話しかけてきた青年がいた。彼女が振り向くと、彼は困った顔をして「どうしよう」と言い出した。そして直ぐに彼の後ろから美しい声がきこえてきた。その美しい声は「どうしたの？」と青年に言っている。そのうち、美しい声の主は、肩をたたかれた彼女の方にやってきた。「すみません、彼ったら間違えてしまって…」と言いながら素敵な顔が現れた。声ばかりでない、すごく綺麗な美人だった。素敵なカップルの男女は、彼女に礼を尽くすと去っていき、やがて遠くから二人の笑い声がきこえた。その瞬間、彼女の心に感謝が生まれた。なんであれ、彼女は素敵な美人に間違えられたのです。》

人の感性は瞬間に美人を観て、その瞬間に、その美人と一体化するのです。実は、ここで重要な左右の分かれ道があります。つまり、美人のqualityに同感（sympathy）した感性が、この同感の瞬間を再び継続し感じ続けるか否かの二つの道です。「美人に向かう瞬間なる同感の連続」とは何か？　それは、美人に向かう感性（sensibility for beautiful）の気力（vitality）なのです。

感性のqualityの育成とは、この気力に懸かっています。何故なら、この気力が『「一体化に向かう故に発生する不足感』を原因とする不足を補う必然（nature）」に他ならないからです。

〔「感性に因る気力の発生」は義務感でも使命感でも決意でもなく、要は、目覚める必然に過ぎません。〕

「美人になろう」とする気力は美人という対象のqualityに同感し、その対象と自らとの一体感を一瞬に感じ得た必然です。それは「瞬間なる同感の故に不安定な性質となる一体化（in a body）」に向かい発生する不足感なる必然です。実は、美人とは、この必然の持ち主なのです。美人は必ず、いつでも素晴らしい美人を観ているのです。

感性活躍の範囲（bound）

美しい人と感じ、その人の仕草や面影を想い、いつの間にか彼女の忘れたペンを貴重に感謝してしまう…？　ペンは、ここに彼女がいた具体的な証拠の一部となり美しい彼女の一部なのです。感性の目覚めはペンから彼女を出現させます。

「美人になろう」とする気力を正確に表現すれば「あの美人になろう」になります。「あの美人」とは実際の生々しい美しさを鏡の様に映し同感し一体化し把握した対象です。つまり、感性における美しい対象（object）の抽象から具体への把握範囲（bound）は必然であり、何故なら、想像力に因る対象の抽象から具体に向かう感性の必然は一体化に懸かるからです。実は、抽象と具体の言葉の出現こそが既に感性と想像力の仕業に因り、対象と同感し一体化するからこそ、人は抽象〜具体に運ぶ感覚の必然を起こし始めます。抽象から具体、具体から抽象へと、この具体と抽象が同一の対象でありながら両者の無限なる往復は想像力に因る感性の活性化する賜物なのです。

抽象から具体へ、具体から抽象へと「流れる必然性」こそ、感性と想像力の及ぶ証しであり、抽象と具体との間に流れる感性と想像力の運びは、流れる必然性の一体化するbodyの証しです。この感性と想像力の運びの原動力とは何か？　それは人の想いに存在する対象となる美人と完璧に一体化できない不足感と一体化した瞬間の快感に他なりません。感性の目覚めは一瞬、美人と自らとの一体化を迎えますが、直ぐにやってくる一瞬の不足感は、この一体化を取り戻す力となります。この感性の必然性を継続する力は、瞬間なる同感に因る「対象（美しさ）との一体化（in a body）」に向かう必然性です。この起点（vitality）に運ぶもの？　それは想像力と美しさに同感（sympathy）している情念（passion）です。

歴史を感性の立場から過去現在未来という流れのbodyとして把握すれば、感性と想像力は、歴史における現在を以て未来を展望し、ひとつの流れとなるbodyをつくり構想します。その構想は過去現在未来を一体化し、感性と想像力は、その流れる新body に向かいます。感性は、死の直前さえも素敵な目覚めにできます。それは感性が時間の流れをbodyにするからです。感性は目覚める瞬間の同感（sympathy）に値するbodyに絶えず向かっています。その必然をつくる原動力こそ永遠の美しさに向かう完璧とは成れない不足感と瞬間に発生した美しい情念（passion）なのです。想像力は、その不足を補い、再度、目覚める瞬間の情念の同感を呼ぶのです。

《著者のstory「あるmelodyの行方」（『美人の秘訣』収録）で、ネコは素晴らしい命の同感（sympathy）の目覚めに運ばれる。彼女を運ぶもの、それは彼女に必然に流れるヴァイオリンのmelody、そして、そのmelodyの正体は亡き御主人様だった。彼女は、この目覚めからヴァイオリンのmelodyが運び見せてくれたもの全ての命が御主人様だとわかる。ネコにとって素晴らしい命は「あの方」だったのです。

彼女の頭の中で感性の目覚めから「あの方」という抽象が瞬間に具体へと拡がり「あの方」との同感の目覚めが過去と今とを繋ぎ流れる。

それればかりではない、ネコと御主人様のmelodyの命は彼女（ネコ）の想像力によって、これからも、その命は生きるのです。もう既に彼女のリズムは美しく素晴らしい命に向かう美人なのです。sensibility for beautifulとは、これです。》

目覚める人とその美しさを一体化する感性必然のリズムは、ひとつの流れる生命です。これを知っている想像力（imagination）は、そのひとつに一体化する必然のリズムの中を駆け巡り、不足感を補う同感（sympathy）を連続させ継続させるばかりでなく、その対象の美しさを抽象~具体への空間に拡げ過去現在未来に及ぶ時空間にも、その美しさ（quality）の流れを生かします。感性目覚めの美しさに向かう感性は想像力に懸かっているのです。

美しくする原理

《人は素晴らしい相手（対象）のqualityに同感し一体化すると、感性目覚めの性質は瞬間故、同時に一瞬にして、再度その一体感に向かい、それは繰り返され続きます。

つまり、想像力に因り、己れと美しい対象との一体化に向かい続け、それは瞬間に発生する不足（want）を感覚し一体化を補うからです。これが人を美しくする必然性の原理です。》

《彼女は美しく響く素晴らしい言葉と一体化すると、これを揺るがす想像力は彼女に美人に向かう必然性を与えた。

彼女は今まで誰にも言われなかった彼の言葉によって美しくなった。

「君は美人だ」

彼女は彼の前に立つと声まで美しい響きになった。彼女は彼の言葉と一体化し、これを宝としたが、二つの道が出た。姿を消すか、頑張るか、しかし、彼女は次第に気がつき、こう思った。

「彼の言葉は私の宝、この想いに向かい続ける想像は誰にも渡さない」》

二人でテーブルを持ち上げる時、その協力に向かう瞬間は二人の一体感であり、これなくして二人の想いや信頼感はありません。彼の言葉は彼女の最高の理解者との一体感をつくりますが、このけして忘れることのできない想いが、その瞬間から彼女を襲います、この彼の言葉を失う不安感がある限り、彼女は美人に向かい続けるのです。

《(注) アダム・スミスの『道徳感情論』に陳述されるバレリーナに対する観客が思わず同じ身振りをしてしまう現象は、感性(sensibility)における同感(sympathy)即一体化(in a body)なる必然性の原理を示しています。》

感性における対象(美しさ)に対する同感する必然の一体化は、感性の育成に重要な必然性となります。何故なら、己れと対象が一体化するが故に、対象に従う己れのquality の不足(want)を補う必然性が発生するからです。この様に、同感と一体化の必然の連続を感性は繰り返すのです。何故、同感の連続なのか? それは同感が瞬間であり、それ故、一体化は不安定であり、その必然性から一体化の継続は同感と一体化の連続であるしかないからです。つまり、これが美しさに向かう必然の力です。

誰も人は美人に会うと、その対象なる美人に向かう必然を覚えます。美しい花を美しいと思う自然です。そして、美人に向かう必然は、やがて美人と感じる対象と自己の一体化に向かいます。美しい価値ある対象と自己が一体化に向かう必然です。何故、この一体化の必然が起きるか? この必然の正体は、同感する人と対象との一致を想像する流れ(リズム)の必然性なのです。この想像する「流れる必然性」が一体化の根拠(ground)であり、これを根拠(ground)として、人は自ら(subject)と美しい対象（object）との一体化（in a body）を図り想像し続けるのです。これが美人に向かう必然のリズムです。

例えば、二人で持ち上げるテーブルは、なんであれ、二人の一体化となる同意の根拠（ground）がなければ持ち上げられません。

美しさに対する同感（sympathy）から誘われる想像力は何を求めるか？　それは、さらなる同感の追求の必然です。その追求に従い何が生ずるか？　その限りない追求は自己の不足感を必然化し自己は美しさとの一体化に向かう必然を惹き起こし、そこには想像の必然しかありません。

一体化に向かう必然の力の糧は、美しさと自己から生ずる自己の不足（want）なのです。それ故、その不足を補う必然は対象（beautiful）と自己の一体化（in a body）に向かう無限の想像です。

《自己が対象（美しさ）から生じる不足感を補う時、自己は対象との同一化に向かい想像する、これが自己と対象が一体化する因です。》

人は美しい対象に同感すると、その対象の quality に至っていない自己の quality の不足（want）を補おうとします

自己は美しい対象に同感した理由から発生する自己の不足を補うため、自己愛は必

然に対象との一体化に向かいます。人は美しい花を観て、その一体化を嫌う人はいません。部屋に花を飾り自分自身の生活の一部にします。つまり、美人に向かう必然性は「『自己』の不足を補う一体化」なのです。

では、一体化とは何でしょうか？　それは流れる必然性の命です。流れる必然性とは何か？　それは身体の血液循環と同様の原理です。命が存在する流れる原理とは？例えば、異なる二点が存在する時、それ故に二点間を流れ生まれるひとつの生命となる力です。また、姓名学において陰陽の画数関係の流れから名前の響きが美しくなります。つまり、流れる必然性の一体化は美しく、それ故、人が美しい人と一体化したい気力は当然（nature）なのです。

一体化の必然性の根拠の命は、流れる必然性で証されます。何故なら、流れる条件（condition）とは一体化するbodyの存在（生命）だからです。

美しさは美しさを呼び美しい心掛けに美しい心掛けで応えます。誰しも訪問者の美しい服装に従い、接客する自らの服装の不足を補い美しくしようとします。つまり、人が美人に向かう必然性は相手の美しさとの一体化に向かい、既に自らの美しさを育成させているのです。この美しい流れに向かい不足を補う必然性こそ人の美しさを育成させる力なのです。人を美しくするリズムです。

美しさは力であり、その対価に応える一体化の必然性は不足感を補う必然性であり、その根拠（ground）は感性目覚める一体化に向かう必然性（流れ）に他なりません。

重要なことは、美人に向かう必然性です。美しさは美しさを誘い、一体化したい必然性は、依然として不足（want）を残す存在が必要不可欠であり、その「不足感故に必然する流れ」が美しい力を生み出していることを無視できないのです。つまり、人の美人に向かう必然性は美しさと自分との一体化を取り戻す育成の必然であり、このことを証す人の実力は不足感を補う感性と無限の想像力なのです。

もし、美人が美人を発見しても、そこには必ず異なる不足感が存在し、お互いの不足を補う想像力は、たとえ同じ美しさであっても、何故？と、競べる気力を発生させ、既に感性は、美しさの育成に向かっているのです。美しさの育成は不足感を補う必然性に懸かっているのです。これが感性（sensibility）の気力（vitality）となり感性の自覚（conscience）であり、これが感性の目覚めです。この瞬間から感性は獲得した目覚める美しさに向かい続け、不足感を補う育成を以て感性の美しいリズムが流れるのです。

本当の美しさ（美人）に出逢い忘れられず何故哀しい想いが自分を襲うのかと、その心境を否定できない貴方様は既に美しいリズムに向かっているのです。その哀しく感じる感覚こそ、感性の目覚めを取り戻す不足感が存在する証し以外の何物でもないのです。

私達は美しい感性の目覚めを如何にすれば、我が身にすることができるか？　つまり、美しくなれるか？　人の美しさの力の獲得です。感性の目覚めは生命（リズム）の発生であり、このリズムの必然をずうっと続かせる力が私達の肉体と感性を育成させるのです。私達を美しくするのです。感性の目覚めは美しい同感から自身と美しさを一体化させひとつの生命（リズム）を発生させますが、一瞬という感性目覚めの性質は一瞬の不足感を発生させます。その必然の宿命から再び一体化を取り戻す目覚める感性は不足感を補う必然性から目覚める美しさに向かい続けるのです。このリズムが無限に繰り返される人が美しくなる力（必然性）を獲得するのです。

《（注）他愛心は想像力を働かせ対象（object）と自己（subject）を一瞬に一体化したとしても、その想像力の向かう不足感を補う対象は「自己」でなく「相手」です。妬みは「対象」を「自己」に平均化させる方向に想像し、他愛心は自己の水準の方向に対象を向上させる想像をしていきますが、感性育成は自己の不足感を補い対象と自己が一体化する美しい生命に向かい続ける必然性です。

感性が育成する条件（condition）は想像力の向かう始点が「自己」でなく「対

象」であり、その対象と自己との同感の一体化故に発生する自己の不足（want）の存在が不可欠なのです。》

必然性の因となる同感（一体化）を取り戻す不足感

「対象に対する同感直後から発生する自己の不足感」を補う必然性は自己の感性が同感した美しさに再度向かいます。睡眠が良い睡眠かどうか、浅いか深いか、充分に有効な価値在る睡眠かどうか、眠らなければわかりません。これと同様、感性の目覚めは、再度、美しい目覚めに向かい続ける必然性に因り証されます。この感性目覚める必然性の回復の必要条件は不安定な不足感です。瞬間の同感は瞬間の不足感に因りリズムを発生させるのです。

《社会人の意識において疑い懐疑的になる態度は社会的目覚めであり、従来の方向性の転換に気がつく意識は生産的な主体性の態度を懐く目覚めとなります。これらの意識を超越する感性の目覚めは、瞬間にして美しい対象に同感し想像力を呼びます。感性は対象に一体化する同感（sympathy）と想像力に因り自らの感性と肉体を美人に育成させる必然性に向かうのです。感性の目覚めを、ひとつの生命bodyとすると、その目覚める無限の同感（sympathy）のリズムは想像力に助けられ、瞬間、瞬間、目覚める美しさに向かい続け育つのです。これが美人に向かう感性の正体なのです。》

感性と想像力の仕業（抽象と具体）

人が人に質問し相手を考えさせる様に、抽象を感覚する力は、具体的な想像力を発生させます。具体的な実際生活から遠ざかるが如く美しく活きる抽象的なstoryが感性を目覚めさせることがあります。何故なら、感性は美しい抽象なる対象を具体へと逆流させるが如く想像力を以て美しい具体にして運ぶからです。感性の同感する対象が美しい抽象であれば、当然、その具体へと運ぶ想像力は、さらなる美しい同感を呼び寄せる必然となります。

感性の同感する対象（美しさ）は想像力に因り抽象から具体へと無限の範囲（bound）となり、時空間を超えます。要するに、感性が同感した対象が抽象画だとしても抽象と具体が同一な美しい命である限り、想像力は、その抽象から具体へと運び、自己の感性の同感は、その美しさとの一体化に向かう状況をつくるのです。

美しい同感を取り戻すかの様に目覚める美しい対象に向かい続ける、これを醸し出す力は想像力に他なりません。

具象画（抽象画）の巧い画家は抽象画（具象画）を巧く描く力量を持っています。抽象と具象とを往復する想像力は感性の育成に通じます。つまり、想像力次第で、人は感性に目覚め、自らと一体化する美しいリズムを乗るのです。

天才の感性が美しい対象に目覚め、その抽象画を描く時、実は既に具象画は心のうちに在ります。何故か？　それは感性が瞬間の必然性だからです。

画像は感性の働く結果の産物に過ぎません。感性が目覚め、その対象と自己との同感から、その不安定な一体化は美しさに向かい、休みなしの想像力は対象と自己との一体化する流れをつくります。この流れに目覚めた時、人は美しさに洞察したと言います。人は、この洞察力の持ち主を天才と言うのです。天才にとって抽象画と具象画は同時に存在し、そこには、彼の抽象画と具象画との中に存在する流れの美しい命が生きているのです。だから、彼の具象画は正確に表現されても、カメラ画像とは異なるのです。要するに、人の感性の及ぶ「表現」は、対象との一体化に向かい続ける必然性に在るのです。美人の秘訣（sensibility for beautiful）とは美しさに向かい続ける感性目覚める必然性なのです。

ダ・ヴィンチがモナリザを描く途中に、その画像を依頼者に渡せなくなる感情の誕生は、その表現の中に流れる自己と対象とに生まれる感性の必然性の命が原因したのです。素晴らしい感性の目覚めを予測（予約）出来ても、感性の必然性は溢れる水を手で掴む様なもの、誰も支配出来ないのです。美しさは感性の必然性です。

感性は想像力を呼び、何故、抽象から具体に向かうのか？　それは感性が同感し捕まえたひとつの抽象（対象）を想像力が無限の内容にするからです。これは感性のqualityの育成していく性質が想像力を命としていることを示しています。

感性の同感する対象が抽象から具体に向かう必然性において、これに因る感性のqualityの育成は、抽象～具体自体の数ではなく、抽象から感性のqualityを育成させる無限の具体化していく想像に懸かっています。しかし、重要な鍵の焦点は、唯一ひとつに感性が向かっている力であり「抽象から具体、具体から抽象への無限なる往復過程の流れ」に在ります。その流れが感性の目覚めた美しさに向かう道となる時、例えば、人は誰も自分の好きな異性の情報に興味を懐き、最初の出逢いの印象を想い浮かべる。その印象と好きな異性に関する情報は「相手と自分との一体化」に向かっているのです。抽象と具体とに流れる想像は対象と自分との一体化に向かうリズムの証しなのです。

《「全ての情報を失った恋する男女をめぐって、その若い女性が想像力で一日の過去を頼りに彼を探し求める」という私のstory（横浜そごうコンサート記録）があります。（story解説）　若い彼女は僅か一日の出逢いから恋をし、その男の抽象なる愛を信じた。その後、彼に関する情報を一切奪われた彼女は過去の僅か数時間の二人の会話を頼りに、真実の愛を確かめる。この彼女の想像こそ「抽象なる男女の出逢いから生まれる想いの意識と感性」の育成に他なりません。

彼女の想像力は愛の想いをめぐる抽象と具体の往復となり、抽象となる恋心から具体となる事実を求めていきます。彼女がやっと探し捕まえた記憶の行方、それは彼の誕生日と友人の兄の誕生日との一致、その情報から浮上する今夜、それは彼の誕生日と出逢いの公園。彼女は、あと数時間に終わる真っ暗な公園を想像し走った。抽象なる再会の想いは彼女を夜道に力走させたのです。彼女にとって今までの情報の不足が必然の力に運ぶのです。その再会の公園は真っ暗と想像していたからこそ、美しく感じる月の影輝く別世界を彼女に与えます。

（お互いに好きな恋人同士になれたと想う彼女は、二人で経験した具体的事実を思い出し確かめ想像していくのですが、彼を誠実と信じる彼女の想いに不安が襲います。最初の抽象的な想いから、実は彼女は既に予想される具体的事実を期待し想像力により彼との一体化の想いに向かっていたのです。この抽象から具体に及ぶ彼女の想像力は彼との一体化に向かう彼女の想いの証しであり、この時、彼を想う感性が育成

（elevate）していく原動力は、他ならぬ彼に関する情報不足の状況なのです。）》

《〔対象と自己が一体化する必然はひとつになる流れから〕

例えば、一日で二日間の流れの必然性を経験するイメージを想像で得られるとすれば、二日分のイメージを一日の抽象の流れに一体化させた想像となります。要は、流れる必然性のbodyであるか否かが重要であり、その一体化（body）は必然の命となります。何故なら、感性の育成は、ひとつの流れるリズムの必然性に因り育成するからです。つまり、感性においては、一日が何十万日にも想像される可能性があり、その範囲（bound）は無限ですが、その感性の対象に対する同感の必然は、ひとつの一体化する流れなのです。リズムの必然はいくら続いても時間を超越し、ひとつの一化する流れの生命の必然なのです。これがリズムの性質であり命です。このリズムに目覚めた感性は、想像の範囲（bound）は無限ですが、唯一ひとつに一体化する流れなのです。これが「感性必然の継続の証し」なのです。ひとつに一体化するからこそ、美しい必然のリズムが活き、人を美しくする力となるのです。》

気力（vitality）とは？（生命《リズム》の起点）

「美人に向かう」とは？　まず「向かう」とは如何なることでしょうか？　この意味からリズムの理解に接近して頂きたいと思います。表現が適切でないかもしれませんが、例えば、窮鼠嚙猫の性質はリズムの起点の性質に他なりません。人は性欲の禁止から興奮を覚えることがあり、人は禁じられたり奪われたりすることに因り、その正反対方向の起点を発生させます。正確には、本来の自由を奪われた状況は本来を以て爆発する必然しかないのです。実は、これが本来の必然性を発生させるのです。要は、本来（nature）に気づく必然です。例えば、want（不足）は、向かうリズムの起点の性質に在ります。私達は本来（nature）「欲しい」から始まっているのではないでしょうか。ただし、重要なことは欲しがる鋭い必然（気力）の原因です。このリズムを生命とすれば「向かう」とは必然なる起点の原因です。

「向かうリズム」の起点は鋭く発生する必然の瞬間から始まると言え、何故なら、リズムは、その起点方向が一〇〇%に叶ってなければならないからです。これに気づく必然の瞬間からリズムに乗ります。対象に対する美しい同感（sympathy）を起点とするリズムの質（quality）は、その窮鼠嚙猫の如く発生する瞬間なる必然の同感

(sympathy)のqualityと言えるのです。つまり、要するに、素晴らしい同感の必然の瞬間が素晴らしいリズムを生むのです。私達は美しい同感を活かす鍵となる想像力に助けられ常に「美人に向かう」必然を獲得する狭間にいるのではないでしょうか。換言しますと、人の「美人に向かう」工夫が人の美しい必然性を発生させる応用とすれば、その力は何でしょうか？　それは感性と想像力に因る美しい同感の気力(vitality)なのです。人は美しい必然性を想像できる、そうして美しいリズムに向かいます。

感性と想像力で必然に美しい心境に至った証しは？　それは瞬間なのに、その想いを新鮮にずうっと続かせる力、リズムです。

「やる気が起きる」の心境の発生は瞬間です。何故なら、気力を原因する同感(sympathy)が瞬間だからです。今までの流れぬ状態から流れ出す如く、必然に押し出されてしまう生命の流れの発生の如く、つまり、この心境の発生は瞬間なる生命(リズム)の必然なのです。

気力(vitality)とは瞬間に発生する生命リズムの起点となり、この気力維持継続は瞬間の連続となります。その必然性は気力の原因となる同感(sympathy)に向かう限り発生するのです。つまり、瞬間の必然性は生命なのです。生命だからこそ瞬間の連続が必然となるのです。瞬間はリズムの起点となり、だから、その必然の繰り返しは続くのです。美しい身体は、この必然性のリズムに乗り運ばれるのです。

美しい人を観て、その感覚を想い、その感覚に向かう、その美しい対象の同感（sympathy）は想像においても美しい想いのリズムの起点となり、その美しい対象との一体化は同感に因り瞬間に果たされます。人が如何にして、この美しい対象との一体化に向かい続けるかは、生命の必然性に懸かっています。美しい対象との一体化に向かい不足感補い続ける必然性とは何か？　それは気力（vitality）の必然性に他なりません。美しい対象との一体化の起点となる瞬間の同感はリズムの起点となり、実は、それが気力であり生命の発生です。気力（vitality）とは生命であり、そのリズムが流れ出す起点となる同感の必然なのです。正確には、同感の宿命は一瞬であるが故に発生する不安定な不足感は再度同感に向かう限り、その必然性はリズムの起点となる気力（vitality）です。誰も人は自らの生命を損なりかけても補い維持継続させる自然です。気力が生命である限り、瞬間に発生する気力であっても必然性に因る永久不滅の気力の連続は人の自然なのです。

美しくなりたい気力が美しい身体を叶える時、その力を証すのは何か？　それは身体が美しく運ばれる必然性です。美しく運ぶ瞬間からどうしても美しい身体に運ばれてしまう必然性です。美しさに向かうしかない状況を感覚はどうすれば得られるでしょうか？　もし、美しさに向かう状況に迫られれば、人は美しくなるはずなのです。この美しさに向かう状況に迫られる空間の瞬間こそ美しい生命のリズムの起点となるのです。これが美しくなる瞬間の気力（vitality）です。瞬間であっても、必然であれば、それは永久不滅の自然なのであり、それは生命であり、当然、リズム織り成す流れの性質に存在します。だから、それ故、美しい身体は、その気力に懸かっているのです。つまり、美しくする気力とは美しい感性の同感に懸かっていると証され、その対象と一体化する同感に向かい続ける必然と判るのです。

私達は美しい必然性の状況に自らを追い詰める空間をつくれば、その身心を美しく運ぶことができるのです。美しい必然性の工夫こそ他に健康的なものはありません。

《story「ルカとハンク（恋人を運ぶ靴）」

自然に恵まれた静かな町に、二人の靴職人、ルカとハンクがいました。そよ風吹く鳥のさえずりの中に、今日も仕事をする彼らの手が動きます。二人の男性は、近所で知っていますが、お互いに、口をきいたことはありません。

ハンクには若い可愛い妹ミーンがいますが、ルカにはいません。ハンクが、どんな人かと言うと、ミーンの気持ちから判ります。恥ずかしがり屋の純真なミーンは兄のハンクから離れたいと思っているのです。ミーンにとってハンクは色々、口出しをする厳格な兄で、ミーンの行動は、彼に支配され、そのせいで、彼女は友達も出来ません。動物好きの彼女が、ペットを飼う自由もないのです。そんな彼女はいつか、ハンクと離れ、動物と一緒に暮らせる生活を夢見ています。彼女は、いつも天にお祈りをしていました。

ルカは、靴職人の腕前と人柄の良さでみんなから好かれていますが、そのようなルカを、ハンクは、いつも面白くなく思っていました。ハンクも靴職人の腕前としては立派ではありましたが、彼はライバル心が強いため、ルカとは親しくも出来ず、またルカを理解しようとも思っていなかったのです。ルカがハンクを家に誘っても、ハンクは一度も訪問しなかったのです。

そんなある晴れた暖かい日に、ルカとハンクは道でバッタリ逢います。ルカがお辞儀をすると、ハンクはちゃんとお辞儀も出来ず、こう言います。

「お客さんは何がよくて、お前さんのとこに行くのか、なんかいいことあるのかい…」

真面目なルカは怒らず返答します。

「うちには美しい可愛いひとが奥にいて、一緒に働いているのです。靴も私の作った特別製を履いています。ハンクさんも来て下さい。」

それを聞いたハンクは、笑いながら、からかう様に、こう言ったのです。

「みんなにも同じように、その特別製を作ってあげれば、いいじゃないか、そうすれば、もう特別製でも何でもないよ」

こう言ったハンクにルカは真剣に、こう返答したのです。

「その特別製の靴は、ハンクさんにも皆さんにも無理ですが、今度、ぜひ、観て下さい。」

ハンクは、聞こえないふりをしながら、心は怒り、去って行きましたが、この時、彼は、ニッコリ、下を向き、ひとつの企みを思い付くのです。

その後、ハンクは、周りのお客さんや知り合いに、ひとつの話題を出していきます。その話題とは、「ルカのところには一緒に働く美しい可愛い人がいて、その人の履く特別製の靴は、みんなには無理です」と言ったルカの言葉だったのです。

ハンクは、これをみんなに伝える事で、ルカの人気を損ねようとしたのです。「美しく可愛いひとの履く特別製の靴が、みんなには無理で及ばない」と言ったルカの言葉から、ルカに対するみんなの反感をハンクは予想したのです。

ハンクは、この宣伝の毎日が楽しくなります。いつか、靴職人の人気の的は自分になると思うのです。

この日から、ハンクは、正直、前から気になり観てみたいと興味心に思っていたルカの家を忘れかけます。それは、もうライバル心でもない勝ち誇りたいハンクの心だったのです。

それから、一年経ち、意外なことに、靴職人ルカの家に、今までより沢山のお客さんが往来する様になります。ハンクは、この一年の結果が不思議でたまりません。彼はルカの家の中に魔法使いがいるのかと思う程、啞然とします。ルカのお客さんの中には、かつてのハンクのお客さんまでいたのです。

実は、ルカの言葉を伝えたハンクの悪口は、お客さんからルカへの忠告の言葉へと変化していたのです。ルカの人柄を良く思うお客さんはハンクの悪口を心配し、ルカを訪れたのです。

ルカの人柄の重さがハンクの言葉より重く、ルカへの忠告になったのです。また、人の心は、「みんなには無理です。」と言われる程、さらに興味が湧いてくるものなのです。実は、なんと言ってもお客さんの興味は、ハンクが告げ口した「美しく可愛い特別製の靴を履いているひと」だったのです。

そんな話題から、ルカを慕い訪れたお客さんは、誰も美しい顔になり納得します。何故か？　ルカの家に行くと、なんと奥から出てきた美しく可愛い素敵なワンちゃんが、素敵な特別製の靴を履いているではありませんか、このワンちゃんの可愛い特別製の靴では、当然、みんなに履けるわけがないのです。

ハンクは今でも、これを知らず、また、これを彼に教えてくれるお客さんは、一人もいないのです。

この頃、みんなと同じ行動をとれないハンクは、ルカの家のことが気になって気になって仕方ありません。彼は妹のミーンに、こう言います。

「ルカが、道で会った時、お前に来てもらいたいようなことを言ったかもしれない…」

ミーンは意外な言葉にびっくりします。実は、ミーンはルカに前から恋心を抱いていたのです。その時、今まで恥ずかしさから、ルカに一言も言えなかった彼女は、冷静さを装い、ハンクの言葉を聞かなかった素振りで、自分の部屋に逃げ込みました。

翌日、ミーンは、ハンクの言葉のお蔭で、少し勇気が湧き、ルカの家に行きました。自信なくルカの家の前で躊躇しているミーンを見て、彼が出てきました。とにかく、この日、ミーンにとって絶好の日となったのです。彼女はルカと会話ができたのです。

ミーンが帰宅し、彼女がルカの家を訪問した気配を悟ったハンクは言いました。

「ルカの家には、美しく可愛い人がいるんだって、どうだった?」と、ちゃかすように言ったのです。

またも、ハンクの言葉にミーンは動揺します。ミーンは、「ルカの美しく可愛いひと」という意外な言葉から、その存在感へと発展し、悲しさに襲われてしまったのです。

この日からミーンの心は「ルカの美しく可愛いひと」でいっぱいになってしまうのです。そして何故か、彼女は、どうしても、その美しく可愛いひとを見てみたいと思う様になるのです。こうして、この日から、彼女は、機会をつくり、ルカの家に立ち寄る様になるのです。今まで行けなかったのが不思議な位です。純真な彼女の心に願いごとが起きます。ミーンはどうしても美しい可愛い人になりたいと思ったのです。

ミーンの顔を見るたび、ハンクは、もじもじとしながら、ルカの家の様子を彼女にききます。ミーンはハンクの言葉には耳をかしませんが、ある時、彼女は、ハンクの言葉に耳を澄まします。それは「美しく可愛い人は特別製の靴を履いている」と言うハンクの言葉だったのです。ミーンは、いまだに、ルカの美しく可愛い人を見ていません。ミーンはルカと話しても話題を巧くつくれず、すぐに、恥ずかしさで帰ってしまうのです。ところが、この「美しく可愛い人の特別製の靴」の言葉で、ミーンは、少し悲しいですが、話題のきっかけを出せると思ったのです。ルカの美しく可愛いひとの靴の話題に触れるしかないと彼女は思ったのです。この「特別製の靴」は、ハンクにとっても一番の興味処ですが、彼女には、それどころではありません。その靴を履いているひとはルカの特別な人なのかどうか、これが彼女の最大の関心事なのです。

よく晴れた日曜日、ミーンは心の中に「特別製の靴」の言葉を抱き、ルカの家に向かいます。彼の家には本当に特別製の靴を履いている美しく可愛い人がいるのだろうか？　彼女は、ハンクの言葉から出た「ルカの美しく可愛いひと」の存在が嘘であればとも思い願い、歩きました。

ミーンは歩きながら履いている自分の靴を見ました。その靴は彼女に美しい人を想像させました。どうしても「可愛いひとの靴」の言葉からルカの大切にする美しい女の人の姿が想像されてしまうのです。でも彼女の靴の想像は美しい人を想像させるばかりではなかったのです、彼女に何かを気づかせます。彼女は初めてルカが作った靴を履きたいと想ったのです。ルカが自分のために作る特別製の靴を彼女は想像したのです。その瞬間から彼女に何かが動き流れ始めたのです。それは今までに足りなかった哀しい想いを補う瞬間の快感が彼女を運び出す、どうにも止まらない鼓動なのです。恥ずかしがり屋の彼女が初めてルカの靴を履き彼に観られる自分の姿を意識したのです。

彼女がルカの家にたどり着くと、晴れた暖かい今日の彼の家の玄関は開いていて、なんと、靴を履いて座っているワンちゃんがいたのです。ミーンは、初めてルカの愛犬を目にしたのです。その時、ルカが顔を出し、「どうですか、この特別製の靴…」とワンちゃんの足に指差して言ったのです。ミーンは、この時、何もかも、理解出来ます。氷の様なミーンの悲しい顔が溶けてきて、思わず涙になりました。ルカとワンちゃんが不思議そうに彼女を見ています。ミーンの涙が、そばに来てくれたワンちゃんの履いている特別製の靴の近くに落ちました。彼女は、その可愛い特別製の靴をうるんだ涙の中に見つめました。ルカは、何が何だかわかりません。でも、ルカは、そんな涙のミーンを抱きしめてくれたのです。ミーンにとって思いがけない逆転の日です。ルカの玄関には緑の香る美しい陽射しが運ばれていました。

いまだにルカの特別製の靴を知らないハンクのお蔭で、ルカは素晴らしいミーンを得るのです。なんであれ、彼は恋人を運ぶ靴を作ったのです。》

有名なチャイコフスキーの「白鳥の湖」の原作storyは悲劇で白鳥は身を投じてこの世を去ります。何故か？　彼女は黒鳥に魅了されたプリンスを垣間見てしまったからです。この垣間見てしまった一瞬に彼女の自らの恋の生命は絶えるのです。つまり、彼女の恋のリズムが一瞬にして、その生命は無くなるのです。もしかするとチャイコフスキーは、よそ見をする男性に対する女ごころを知っていたのかもしれません。当時、観客は、その音楽が理解出来なかったのか、その白鳥の微妙な恋の一瞬の命の美しさを感動出来なかったのか、拍手は無くチャイコフスキーは約十年間落胆し「くるみ割り人形」で復活します。女ごころの恋のリズムは一瞬にして絶える、つまり、恋の命は一瞬にして芽生えますが、一瞬にして絶えるのです。何故か？　それは生命とは一瞬の起点に懸かっているからなのです。人の気力（vitality）とはまさに、これなのです。気力は生命のリズム発生の起点である故に、気力が絶えると一瞬にして、その生命は無くなるのです。リズムの命の性質です。人の情念（passion）は瞬間の生命のリズム発生の起点であり、この情念（passion）が美しい必然性に向かう限り、その生命は永久不滅にして、そのリズムの流れを活かすはずなのです。その流れは必然性である限り、当然、その身体に及び、身体は美しく運ばれるはずなのです。

例えば、storyでのミーンは「美しい可愛い人」を自分の履いている靴から特別製の靴を想像し、その想像されるルカの大切な美しい人に同感（sympathy）します。その同感から彼女は自ら想像した美しい人に一体化し向かうのです。彼女は「ルカの大切な美しい人」に向かい続けるリズムの起点をつくり、そのリズムの流れの生命は「ルカの特別製の靴を履く気力（vitality）」から始まります。この一瞬の情念（passion）というリズムの起点から、その必然性は彼女を美しい可愛い人へ運ぶことになるのです。恥ずかしがり屋の彼女は初めて「ルカの大切な美しい人」に向かうリズムの起点となる一瞬の気力（vitality）の必然性を獲得したのです。要は美しく運ぶ力はリズムの必然性であり、その起点となる気力を発生させる自然（nature）とは「自身が美しくなる必然性を気づかせる空間」に活きる感性なのです。

美しい同感に向かう必然性のリズム（不安不足感を補う必然性で証される二つの起点）

誰も、後ろ姿から、美しい知人と間違えられ、快感を覚えてしまう可能性はないでしょうか。声をかけられ後ろを向き、その声をかけた人に「～さんでなくてがっかりしましたでしょ？」と、もし、思わず言ってしまったとすれば、特別の事情が無い限り、そこに不快感は無いはず。何故か？　それは美しい必然性が間違えられた当人の感覚に一瞬でも存在するからなのです。では、その美しい必然性とは正確には何でしょうか？　実は「自身の不安な不足感を補う快感」なのです。誰も自身を美しいと想っても、その一瞬に美人ほど不安な不足感を懐いているのです。

白雪姫のstoryで鏡に尋ねる女王の心理が物語ります。これは感性感覚の宿命と言えます。この美人の不安な不足感の心境を解消するものは全て彼女には「快感」なのです。何故なら、感性感覚は常に瞬間の性質を宿す故に、その瞬間瞬間の不足感を懐きながら美しい同感に向かうからです。つまり、この不足を補う「快感」は美しい必然性のリズムの起点なのです。美しい同感に向かうリズムの起点（A）とは、不安定な不足感を補う「快感」に向かうリズムの一瞬の起点（B）でもあるのです。この二つの起点は美しい同感に向かう限り、美しい必然性のリズムを運ぶのです。この二つの起点が織り成す如く、ひとつの一体化するリズムの起点が発生します。

人まちがいであれ、文字や言葉であれ、美しい必然性のリズムの乗り物（媒介vehicle）となれば、そのリズムは人を美しくします。リズムに因りつくられる美しい必然性は、美しい身体に運ばれ易くする魔法の様な自然の理なのです。

美しさに同感する人に瞬間瞬間の不安や不足感が存在すればこそ、瞬間瞬間の快感の美しい必然性の可能性が存在します。何故ならば、リズムが存在しているからであり、これがリズム発生の根拠（ground）です。感性が美しい同感に向かい続けるは、その証しなのです。

リズムの起点（vitality）

人は生死の狭間を経験すると活き活きした心境や悟りを得たりする場合があります。何故か？　その原因はリズムの起点に他なりません。瞬間の感性の必然性、美しい対象に対する同感（sympathy）の情念、それは必然性でありますゆえに次ぎの必然を呼びます。リズムの起点の性質です。生死の狭間の状況は、その必然性の可能性が大なのです。ただ、あくまで起点であり、そのリズムの価値は、その起点の情念（passion）のqualityに懸かっています。生死の狭間に立つ状況を挑み、この起点を得ようとする心境に至り、その自覚もなしに他界する人がいますが、要するに、リズムの起点とは、その必然性が無ければ、そう簡単に獲得できず、また、必然性が原因すれば、簡単に自然にリズムの起点は発生するのです。つまり、リズムの起点を呼び覚ます同感する美しい対象は美しい必然性を発生させる宝なのです。

ここで、私達は重要な発見をします。それは必然性は必然性を以て発生させるしかないということです。何故、必然性なのか？　それはリズムの起点とは必然性そのものだからなのです。美しい同感の情念にリズムが存在するとすれば、必然性はリズムの生命となります。必然が必然を呼ぶ、というより、ひとつの一体化する生命リズムの現象です。換言しますと、一体化するからこそ生命の必然が必然を起こすリズムとなるのです。

では、美しい同感の必然性とは何でしょうか？　実は「美しく感じる」に他なりません。眼耳鼻舌身意の六感に共通する必然は「感じる」だからです。つまり、美しいリズムの必然性の起点とは「感じる」であり「感じてしまう」必然性こそ美しいリズムの生命（起点vitality）なのです。従い「美しく感じてしまう」必然性の起点が、そのリズムを活かせば、その感じる身体は美しい必然性として活きるのです。

美しい必然性とは美しく感じる、美しく感じてしまう起点なのです。

《story「美しい手紙」

今日もお城に出入りする素敵な馬車が通ります。王女様のお出掛けの馬車です。お城では、美しく上品な王女様に年齢は不要です。お城から抜け出て、恋人が何人も出来はしますが、すぐに別れてしまう王女様なのです。彼女はプライベートで、こっそり恋人をつくろうとも思いますが、なかなか、上手くいきません。王女様は、もともと、そう簡単に人に親しくなれない性格で、婚期も、どうなっているのか、年齢も秘密なのです。誰も彼女の年齢を知りません。まわりの皆様が、それを許せるわけは、彼女に年齢を超越する美しさが存在するからなのです。

上手くいかない今までの恋人経験は、彼女のわがままのせいだけではなく、特別な理由がありました。彼女が、これに気づくのは恋人が10人を超えた時です。最初の恋人は馬車の事故で亡くなり、次の恋人は家族の家系事件から男性の方から去ります。その後、家庭事情の悪化で遠方に行った男性等、次から次に、彼女の恋人になる瞬間から、相手の男性は衰退して去るのです。心の純粋な彼女は自分が原因のようで考え込みますが、そんなわけではありません。彼女は自分が恋した男性が衰退すると思っていますが、それは絶対にあり得ないのです。何故なら、彼女は恋する想いを知らないからです。それどころか、彼女は人の見分けが下手なのです。

ある日、彼女の愛犬が他界します。彼女の孤独感高まる実感は、今までの愛犬に対する感謝を彼女に痛切に教えます。彼女は今までの恋人との別れには無い孤独感を覚えたのです。

ある夜、彼女は愛犬の誕生日に墓参りをする夢をみます。夢の中で彼女は、素敵な男性に逢ったのです。不思議な夢の出逢いに彼女は今までに無い異性に会えた感覚を覚え、その印象的な夢を忘れられず、実際に彼女は愛犬の誕生日の九月一日に墓参りをしたのです。その日、彼女の行動は何かの教えに導かれたのか、夢は本当になるのです。彼女は、この墓参りで、不思議にも愛犬の墓に花を捧げている男性を見かけるのです。何故？　夢から運ばれた彼と彼女の出逢い。彼女は、まだ夢をみているような状況に興奮を覚えたのです。

出逢いの彼と知り合いになり、それから数か月経ったある日のことです。彼は一通の彼女宛の手紙を彼女の友人に伝え残し去ったのです。彼女は一瞬、またかと思いますが、手紙の彼は、まだ彼女の恋人までには発展していなかったのですが、それでも、よほど、男の縁が無いのだと彼女は自分の宿命を嘆く気持ちに戻ります。しかし、その時です。彼女は、その男性に何故か、初めて未練の感情が湧く自分を知るのです。今までに経験のない感覚が彼女にやってきます。予期しなかった彼自身の手紙を読みたくなったのです。手紙の内容がなんであろうと早く読みたい気持ちが湧くのです。

翌朝、彼女は、その手紙を預かる友人宅へ向かいました。その途中で、ある事に気づきます。それは彼女の今までの恋人経験の爪痕です。彼女は手紙の彼に対して、もし、恋をしてしまったら、どうしようと思ったのです。つまり、恋をしてしまったら、今までの経験から恋人になる彼は衰退していくという馬鹿げた可能性です。感情が走り、急に彼女は彼が気の毒になり、このまま、彼の手紙を期待せずと思っても、何かを期待してしまう自分なのです。意外なことは、今まで、彼女は異性に興味を色々と懐きましたが、ひとつだけ、その時になかった気持ちは相手に対する心配です。素敵な扉開く馬車から降りる彼女は、これに気がつきます。

彼の手紙を読みますと、別れではなく、以下の内容でした。

（この手紙を彼女が読んだ瞬間、魔法が彼女にかかります。気になり忘れられなくなってしまう魔法なのです。）

〔彼の手紙内容の一部〕

「いつも貴女は何歳かと思い、気にかけていました。

私は二十七歳ですが、先日、貴女が私と同年の感じがした時、何故か嬉しくなりました。

私は最近、貴女に惹かれ、何歳でも良いと気がつきました。

恥ずかしいので手紙にしました。」

この手紙により彼女は、もう引き返せなくなるのです。

彼女は思います。今までの恋人経験では、ちょっと親しくなると何歳なのか、相手から尋ねられ、うんざりしていた自分を彼女は思い出します。それだけではありません。今までの恋人で彼女に手紙で想いを伝えてくれた人はいなかったのです。それどころか、手紙があるとすれば、勝手な呼び出しや注文ばかり。今回の急な手紙に彼女はわからない美しさを覚えたのです。

彼女を一瞬に変えた魔法は何でしょうか？　ただ、わかること、それは止めどなく終わらない力なのです。今まで、彼女の知っているものといえば、時間が経てば終わっていく想いしかないのです。

その後、彼は彼女をお食事に誘いました。彼女は、彼の事を考える様になりましたが、やはり、今までに起きた恋人衰退現象が気になります。確かに彼を恋人感覚に懐かなければ、大丈夫なのだと、そう思う彼女なのですが、正直、彼女は、もしも、彼に心惹かれたら…と、既に甘い素敵な雰囲気を実感してしまうのです。

彼女は、この彼との間柄を長続きさせたいと思う自分の気持ちの意外な出現を無視出来ず、彼と恋人感覚が起きない様に実行出来るのかとも想像します。彼女は、この不思議な彼に対する心配と未練の狭間に、はまったのです。

彼女は今までの経験した恋人達に少しの未練もありません、これに気がつきます。

ただ、衰退していく彼等と別れてしまう連続から男縁の無い自分を感じ、何か淋しい風景を観ている様でたまらなかったのです。つまり、今や、この彼に対する未練と心配の感情は彼女にとってたとえ僅かでも貴重な男縁の命なのです。

彼女は鏡に向かい、二十七歳の彼を想像し、彼が自分を二十七歳と判断した心を想像しました。そこから、年齢問わずの彼の告白を想像し、甘く美しく素敵な流れを感じてしまう自分を彼女は認め陶酔していく自分を知りました。「これを恋人感覚と言うのかしら、もし、そうであれば、私は、これから彼を衰退させてしまう…」こんな馬鹿らしい予想までも彼女にとって素敵なstoryになってしまうのです。

彼女は彼を心配し恋人にせず関係を続ける気持ちから始まりましたが、素敵な雰囲気は既に流れが止まりません。どうしたら良いのだろうと思いますが、これも甘い香りの不安となり素敵な彼女のstoryの流れになってしまったのです。

そして、ある日、彼女は、これしかないと思い、次の決心をします。

「もし、私が彼を恋人と思ってしまい、そのことから彼が衰退してしまっても、私は必ず、彼を助ける、そうして生きていきたい。何故なら、この素敵な陶酔感覚に私を集めた彼こそ貴重な人だから。」

彼女は彼を助けたいという必然的感情の変化に自分でもびっくりします。こればかりではありません、どうにも止まらない彼女は鏡の中の自身が彼に連れていかれる美しい快感を覚えるのです。

実は、彼女にかけた魔法とは「二十七歳の魔法」なのです。これこそ、王女様の最大の悩みと不安を消し去る魔法なのです。

（ここまでが彼女が彼と出逢い目覚めるに至るお話です。）


お城でユユミ姫と呼ばれ、美しく上品さを醸し出す彼女は、父である王様の自慢の娘でした。

病弱な王様は彼女があまりにも心純粋なので、彼女の周りの悪友を予想し、精魂込めて手配していた素晴らしい子犬を彼女の愛犬として、重臣に遺言し他界しました。

ユユミ姫は、この子犬を育て上げ、セロと名付けます。セロは上品な毛なみに輝く魅了する眼をした素晴らしい愛犬になります。彼女はセロの美しい眼を見るだけで何故か心暖まり素敵な眼差しをつくれるのです。

セロはいつもユユミ姫に向かい合う様に仲良く離れずにいることから、周りの悪友はセロの存在を面白くなく思い、わざとセロの嫌いそうな動物を連れてきました。しかし、セロは彼女の側から離れることはありませんでした。

セロは来客を見分ける人柄判断が天才で、このことは誰もセロの態度から理解され、周りを圧倒したのです。ユユミ姫にとって良き隣人には良き隣人を集めるが如く、セロは素晴らしい人を呼ぶ愛犬でもあったのです。まさにセロはユユミ姫の守り神なのです。しかし、こうして、セロのおかげで、彼女は知らず知らずのうちに、人を見分ける感覚を身につけていくのですが、彼女に恋人感覚を教えることは誰にも出来なかったのです。彼女の最大の欠点、それは誰にも嫌われない美しい姫様である存在なのです。恋人感覚を超越してしまう姫様に誰が恋するふれあいをつくれましょうか、実は、彼女の今までの恋人関係は、ありふれた男女の人間関係に過ぎなかったのです。このことも姫様に誰が伝えられるでしょうか。これを父親の王様も予想出来なかったのです。

ある日、セロは天国に逝きます。彼女は寂しく、毎晩、夜の夢に期待し、夢の中で、セロに会えることを願いました。セロは彼女に「会えない痛さ、不在の哀しさ」を教えてくれたのです。

彼女は不思議な夢をきっかけに、セロの誕生日九月一日にセロのお墓に行きます。途中、彼女は墓地の入口辺りで美しい素敵な花を手にした男性にすれちがいます。その時です。「これ、よろしかったらお使いください」と、その彼は、手にした花を彼女に向けたのです。彼女は、この瞬間、彼の眼差しからセロの美しい眼を見ます。セロの眼差しを想わせる彼、その素敵な花を差し出す上品な美しい指先は、彼女を忘れられなくなる興奮へと運び、セロの墓にたどり着くと、なんと、彼から手にした素敵な花と同じ花がセロの墓に捧げられていたのです。

彼女は、セロの生まれかわりの様な幻の彼に逢えたことだけでも、天に感謝しました。

「彼はセロなのかしら」そう想ってしまう彼女は、夢を実現させるかの様な彼の出現に興奮し、セロの存在をあらためて実感し涙します。

その後、セロは夢に出現せず、その理由を彼女はセロが自分に夢から導かれる彼を残し天国に旅立ったからだと思いました。

夢は予知夢であるかの様に彼女を運びます。彼女は愛犬セロが紹介するかの様に不思議な男性に出逢い、その彼の手紙で魔法にかけられるのです。

数日後の朝、美しい青空に恵まれたお城の外に沢山の家来が並列しました。

隣国からセロの他界を哀しむユユミ姫を励まそうと使者が来たのです。ユユミ姫の父となる王様は他界する前、彼女のためにセロの手配をしていました。実は、その手配からセロは隣国との間柄にも寄与していたのです。どういうことか？　どこまでもセロはユユミ姫を想う父である王様の愛情の賜物以外の何ものでもありません。今日、何もかも王様の手配が正解である真実が証されるのです。

突然の沢山の隣国の人達の意外な訪問は、ユユミ姫を興奮させます。セロのために沢山の人達が花束や風舞う花びらの中で彼女を励ましてくれたのです。励ましは素晴しい雰囲気を運び静かな美しい庭園に鳥達のさえずりを呼びました。その中から、朝日のいたずらで金ボタンを輝かせる上着に花束を抱く素敵な男性が彼女に向かって歩み微笑したのです。この男性を目の当たりにした彼女は興奮と陶酔で涙します。なんと、27歳の彼が現れたのです。彼は隣国の王子様であり、ユユミ姫の父は隣国の王子様と彼女との出会いを願っていたのです。

セロはユユミ姫を想う父の手配を予想以上にします。それは、彼女がセロを想う美しいリズムに運ばれ、恋人を想い向かう貴重さを知ったからです。年齢を問わない27歳の王子様の手紙の美しさは奇跡です。しかし、一番の奇跡、それは、彼女が今日の王子様である彼との出逢い以前に、夢の中から始まり、彼との本当の恋を実感したことなのです。

この恋の奇跡はセロが彼を紹介するかの様な夢の中の出逢いから始まります。その夢の出逢いの想いを美しいリズムに乗せてくれた力は何でしょうか？　それはセロの美しい目です。セロの美しい目を想わせる彼の素敵な目が彼女の美しい心を捉えます。実は、彼女に初めて逢った彼の心にもセロの目が素敵な力を及ばせています。何故か？　それはセロを育てた彼女がセロの目を見るだけで美しい眼差しになる人だからです。そんな彼女は、セロの目を想わせる彼から観れば、当然、稀な美しい眼差しのお嬢様なのです。》

情念（passion）がつくるリズムに運ばれる必然なる美しい快感とは？

私達は素晴らしい景色を観て快感を覚えます。美しい人との出逢いに快感を覚えます。この快感の原因は誰も否定できない人の本来（nature）の性質です。人は本来、快感の原因となる美しく素晴らしい対象を望んでいるのです。

私達はびっくりさせられる演出のプレゼント等、予想を超えるサプライズに快感を覚えることがないでしょうか。それは何故か？　予想外とは何かに運ばれる感覚であり、それが快感を覚えるのか、突然の素敵な美しい感覚から快感を覚えるのか、どちらも叶っている快感としても、誰かが運んだ起点から運ばれる感覚、その感覚がリズムの流れる如く美しい必然の感覚であれば、立派なプレゼントになります。実は、ここに運ばれ美しくなる秘訣の鍵があります。予想を外す快感が新鮮みの美しさとすれば、その美しい感覚は運ばれる必然性です。「運ぶ」より「運ばれる」、「想像する」

より「想像してしまう」「想像される」の方が快感となる心境になるのでは、いかがでしょうか？　もし、納得なさるとすれば、快感は運ばれる必然性の流れのリズムが原因しているのです。何故か？　例えば、サプライズを受ける人が忘れていても過去からずうっと望んでいる内容のサプライズであればあるほど、サプライズに因る快感は大なのです。つまり、運ばれる快感の覚は既に快感する当人が運んだ起点となる情念（passion）が存在しているのです。快感は願望という起点に始まる必然性のリズムに運ばれる感覚なのです。実は願望の情念とは瞬間であっても生命（気力vitality）が発生し、当然、リズムは、その情念を起点とし流れるのです。だから、願望の情念はちゃんとやらなければならないのです。リズムの質（quality）はちょっとした瞬間の起点（情念）の質（quality）で決まります。もし、サプライズプレゼントから美しい快感に運ばれるとしたら、そこに運ぶ乗り物（vehicle媒介）は一体、何でしょうか？　それは、ズバリ、当人の美しさ求める不足感を補う快感のリズムです。リズムが生命であるとすれば、不足感を補う快感は、願望の起点の気力（vitality）が強いほど大になるのです。自身の美しさをずうっと望んでいる人ほど美しく運ばれる必然性を否定できないのです。美しく運ばれる必然性の乗り物（vehicle媒介）とは何か？　それは美しく運ぶ起点（情念）から発生するリズムなのです。このリズムに乗り運ばれる必然性の状況は自身を美しくする最低必要条件です。

美しくする力は必然性に存在するからです。

story「猫の森」

森の中は、いったん入ったら死も招く、大人も出られないほど無力を感じるところです。ワンちゃんも森へ入ると本能が働き、怖さから自分の匂いを至るところにつけます。そんな森にも、ひとつの猫の世界がありました。

どんな猫がいるかわからない森に、ある日のこと、みすぼらしい一匹の猫が這いずってきました。よたよたで森の猫たちに突っつかれ、死にそうな位弱っていました。どこから彼が来たのか分かりません。そんな彼をやさしい雌猫の森のお嬢は、みんなの反対をおしきって助けたのです。

彼女が彼に食べ物を与えると、彼は彼女の顔も見ず夢中で食べまくりました。

何日か過ぎ、意外な変化が彼に起きます。彼は元気に見違えるほどの猫になったのです。彼は頭が良く他の猫より獲物をとるのが上手でした。次第に、彼は彼女に食べ物を与えるほどにもなったのです。

この猫の森には、ひとつの伝説がありました。それは、この森に妖精が居るというのです。この妖精の声を聴くと、猫は、その声に導かれ、そのまま、どこかへ連れていかれ、もう帰ってこれなくなるというのです。ところが、猫のお嬢は、そんな伝説を恐れるどころか、前から興味を抱き、好奇心から妖精の声を一度でも、聴いてみたいと思っていたのです。この森で彼女はひとりになると、いつも想うのです。この彼女のずうっと追い求め終わらない想いをどこかに連れ出し運んでくれる、そんな力を彼女は求め続けているのです。

想い馳せる彼女の夢、いつか、自分をこの森から連れ出してくれる魔法の様な夢でも、彼女の心の元気づけになるのです。でも、彼女は彼に逢ってから、そんな好奇心も忘れるほど楽しく、森の中では彼といつも一緒に行動する生活になったのです。

ある雨が急に降りはじめた日です。彼は、とっさに彼女を雨宿り出来る場所に連れて行きました。森の中は広く、雨宿りの場所なんて、すぐには見つかりません。この時、彼は彼女に逢ってから初めて、以前の自分を思い出そうと考える様になるのです。そのわけは、自分が、どうして、この雨宿りの場所をすぐに見つけられたのかと不思議に思ったからなのです。

彼はこの日から、今までに気づかなかった意外なものまで発見します。それは、所々の木についている懐かしい爪跡だったのです。

一方、彼女は、そんな彼の様子から不安な気持ちを覚えます。それは、爪跡を見て考え込む彼が、一瞬、どこか遠くに行ってしまう様な感じに襲われたからです。もう、彼が森に来る前には戻れない、彼女の胸には不安感が襲う何かが始まっているのです。彼女は不安の舟に運ばれてしまったのです。

それから何日か経ち、また、雨が降り、彼等が雨宿りをして雨が止み帰ろうとした時のことです。天に響くほどの音が聴こえ、それは、ひとつの方向を示していたのです。彼等は、不思議にも怖さを忘れ、それに心惹かれる方向に向かって行きました。草むらを少し歩き、突き抜けると、なんと森の外に出たかの様に、そこには湖があったのです。彼女がいつも頭に描き想いを馳せていた風景だったのです。彼女は、その景色に浸り、うっとりして目を閉じ、気持ちの良い日光に輝く草香る空気を吸いました。そして、目を開けた時です。彼女は彼の姿が消えていることに気がつくのです。何が何だか、わかりません。彼を見失ったのです。それから、彼は帰ってこなかったのです。彼が何日も帰って来ないことを知った他の猫たちは伝説の妖精の声に導かれ連れていかれたと恐れましたが、彼女は悲しさだけで、頭には彼のことしかなかったのです。

そんな彼女は、寂しい毎日となってしまったのです。彼女は、たまらなく、彼の姿を求め、あの湖の近くへ行くしかなかったのです。そこに彼がいる様な感じがして、何度も行きました。彼女は彼の貴重さに気がつくのです。

その場所へ行き、一夜を過ごし朝を迎えた時のことです。突然、空から響く音が…夢ではない…よく耳をたてると音ではない…声…まさか妖精の声…でも、これは…まさしく声…その声は、天から空をかけめぐり聴こえてくるのです。その声は空から話しかけるように呼んでいるのです。その時です。草むらから一匹の猫が出てきました。「彼だ…」思わず心で叫び涙し、彼女は感謝しました。彼は、そばに来て、やさしく彼女をなめました。その一瞬です。彼等は空中に浮上したのです。空高く。そして、彼女は素晴らしい暖かい感触の中に彼と入ったのです。人間の若い女の人の胸に彼等は抱えられました。

彼等は森の外れの庭に連れていかれました。彼は、その庭の持ち主に大事されているプリンスだったのです。

これ以来、勿論、彼等は一緒に新しい家に住むことになります。

森から抜けた別世界で彼女は心に思います。

「この別世界は彼と出逢ったあの日から…、あの妖精の声は、やはり、恐ろしいものではなかった。私が前から興味を懐いていた夢を叶えてくれる素晴らしい妖精の声だったんだ…」と。

彼も自分の残した爪跡を忘れるくらい、森での彼女との出逢いから始まる別世界だったのです。

彼女の別世界とは何でしょうか？　若い女性に運ばれた邸宅ではありません。彼の別世界と彼女の別世界は同じなのです。この別世界は彼と彼女の出逢いから始まります。彼女は、この別世界のリズムの舟に運ばれ不安感に襲われます。彼女は彼との出逢いから既に、この別世界となる恋する想いのリズムに運ばれているのです。

リズムと想像力

私早川玲生は著書「美しく奏でる」の中でルソーの『エミール』に陳述される「人間の場合は想像（imagination）が官能をめざめさせる」を指摘し、人の身体に及ぶ想像の力を説明しました。本書は私の著書『美人の秘訣』に関わる重要な想像力とリズムに触れます。

人の美しい情念（passion）が如何に人の身体に及ぶか？　これは美人の秘訣の命題なのです。

美しいリズムの起点は情念（passion）

美しい対象に対する同感（sympathy）の情念（passion）は瞬間の感覚でありながら瞬間に消滅することなく永久不変に残存する感覚です。これを私達は否定できません、一目惚れの様に恋の衝撃的感覚を簡単に忘れられるでしょうか。要は、一目惚れ（subject）とは美しい対象（object）に対する同感の性質であり、その瞬間の気力（vitality 起点）は、その美しい対象に向かい続けるのです。この一目惚れの時点から発生するものは何でしょうか？　それはリズムです。何故か？　人は、対象に対する瞬間の同感に因って「同感する情念とその対象との一体化」に向かうからであり、この一体化する必然性からリズムは発生するのです。

一目惚れの様に美しい対象に対する同感において、瞬間に同感する人（惚れる人）は、その対象（惚れられる人）と一体化し、一体化する限り、そこでは、ひとつに血流の如く流れる生命（リズム）が発生するのです。リズムは生命の現象です。これは私達の身体が証します。

それ故、瞬間でありながらリズムの起点となる情念はずうっと、その情念となる美しい同感に向かい続けるのです。素晴らしい衝撃的な想いは、その情念の起点を以て永久不変の生命が存在しているのです。この生命が感性のリズムと言えます。換言すれば、リズムは美しい情念と同感の対象を一体化させ、私達は「連続の美しい情念の同感」に運ばれるのです。

（瞬間の情念の同感を繰り返す連続の必然性は、同感から一体化しながら瞬間の不安定状況を迎える情念が対象に向かい続ける性質が原因）

リズムを活かす想像力

実は、このリズムの必然性を如何に活かすかで私達は美しくなれるのです。リズムは美しくなれるチャンス、美しく運ばれる乗り物（vehicle媒介）であり、これを活かす力？　それは想像力です。

《美しさに向かう見えざる手（Invisible hand for beautiful）を理解する二つの着眼

点とは？（以下の①②を焦点）
①「自己」と「美しさ」を一体化させる見えざる手とは？
②「自己の美しい情念」を「自己の美しい身体」に成り代わらせる見えざる手とは？》

美しいリズムとの同感に向かい続ける情念

二つの異なるものが一体化する時、その動きとなる「流れる」は価値の最低条件であり「流れ」とは生命を証し、その生産性を示し「二つが一体化する事実」です。この流れが生命である限り、その継続には、心臓の鼓動の如くリズム必然性の存在を無視出来ません。重要なことは、その始まりである瞬間という起点です。何故か？ それは二つの異なるものが一体化する一致は瞬間だからなのです。人の美しい対象に対する同感（sympathy）は瞬間であり、その瞬間に同感する自らは対象と一体化し、瞬間故に絶えず同感の起点に向かい続けるしかなく、実は「対象」と「対象に対し同感する自己」との一体化は、同感を繰り返す必然しかあり得ないのです。これが感性のリズム必然の根拠です。

ところが、人の同感する起点となる情念（passion）の気力（vitality）は瞬間の必然性でありながら残存するが如く永久不変の性質に在ります。つまり、情念はリズム発生継続必然の根拠であり、これを支える力とも言えます。素晴らしく美しい対象に対する同感の気力は、たとえ忘れたとしても潜在意識を曲げることはできず、それは初恋の想いの如しです。

同感する美しい対象と自らが一体化し発生する生命（リズム）は、同感の起点となる情念（passion）に従い、その瞬間を連続させ必然をつくる美しい生命のリズムとなる乗り物（vehicle 媒介）と言えます。

つまり、人の美しさは、同感する情念（passion）とリズムに懸かっているのですが、これを磨き新鮮に甦させるもの？　それは想像力なのです。人は無から有を生み出す如く想像力に因り情念をも想い起こせる、その必然性は無限に私達を運び、その流れは情念から始まる一体化するリズムに運ばれるのです。美しい生命となる情念を、美しい必然性のリズムに乗せ運ぶ想像力は、美しく感覚する身体に戻すが如く及ばせるのです。

リズムが「美しい情念（passion）と身体の一体化」に向かう媒介（vehicle 乗り物）を果たし、このリズムを活かすもの？　それは想像力の活躍です。つまり、リズムを生み出す情念と想像力が人を美しくする鍵なのです。

では、このリズムの生命の力を証すものは何でしょうか？　それは本来（nature）に従うリズム生み出す必然性に他なりません。もし、どうにも止まらない美しいリズムの必然性が身体に活きたらどうでしょう？　身体は必ず美しくなるはずです。必然性こそ人を美しくする力なのです。何故なら、身体生命は本来（nature）必然性の力そのものだからです。従い、必然性は美しさに向かう見えざる手（Invisible hand for beautiful）と言えます。

何故、筆者がリズムと想像力を美人の秘訣の要因とするか、それは身体に及ぶ力とは人の本来（nature）の必然性に他ならないからです。身体の性質自体が必然性に因る生命（リズム）の存在です。活きる美しさも必然性の力の現象なのです。つまり、人を美しくする美しく運ぶ力は想像力とリズムを如何に感性を以て本来の必然性を身体に活躍させるかに懸かっているのです。身体に及ぶ力とは本来の必然性に他ならず、その必然性を美しい身体へと運ぶ力は感性感覚のリズムであり、それを醸し出す想像力の活躍で美しい必然性が発生するのです。

美人の秘訣とは人の本来（nature）の必然性の応用であり、その最低必要な条件（condition）とは感性感覚の目覚めに他なりません。

身体に及ぶ感性感覚必然性の応用として感性のリズムと想像力を浮上させる理由は、

美しい情念と身体を一体化させ、そこに美しい必然性を発生させることにあります。美しい対象に同感し瞬間に獲得する美しい情念は対象と一体化するリズムの流れを発生させ、同感する美しい対象に向かい続けるのです。この状況下で、想像力は美しい必然性を身体に同感させ運ぶと言えます。

自らの美しい情念の必然性さえ失なわなければ、その情念は想像力によって自らの美しい身体に成り代わります。それ故、想像力を醸し出すstoryの工夫は人を美しくする生命を存在させ、これを活かすは本来（nature）を活かす人の想像力なのです。

必然から自らと美しさをひとつに一体化させ運ばせる見えざる手（Invisible hand for beautiful）とは何でしょうか？　それはリズムです。そのリズムの起点（気力vitality）は美しい同感（sympathy）する情念（passion）です。では、この美しい情念を美しい身体に成り代わらせるリズムに運ぶものとは何でしょうか？　それは想像力です。

つまり、想像力は美しいリズムを身体に活かす力です。

《少女は心惹かれる人を美しいと思った。出逢いの瞬間を無限数に求め続ける、それ以来、その人の全てに想いが運ばれてしまう。素振りを舞う自分の姿を想像し、どうにも止められない快感の追求が自らの美しさの不足感に閉じ込められる、そんな自らを鏡に映す想像に向かい続けさせるものは？　その人の美しいリズムなのです。
少女は出逢いのstoryを何度も読み返し飽きることはなかった。それは美しいstoryに向かう少女の情念（passion）が想い絶えない想像力を醸し出し自らに美しい人が浸透するからなのです。》

人の情念（passion）は瞬間に発生しますが、初恋の様に何故、情念は永久不変に続く可能性に在るのでしょうか？　であるとすれば、素晴らしい情念の獲得は瞬間にして永久不変の素晴らしい感性感覚の生命（リズム）の獲得ではないでしょうか、つまり、瞬間に獲得する情念のqualityは重要なのです。

美しさに同感する情念は対象と瞬間に一体化する必然から当然その瞬間に生命（リズム）を生み出し続きます。何故か？　その「発生したリズム」と「自らの情念」とは一体化し続ける必然性に在ります。この必然性は何故起きるのでしょうか？　それは、本来の永久不変に向かってしまう情念が美しい対象に瞬間でしか一体化できないからなのです。感性に因る美しい対象に向かう同感の情念は、その本来（nature）の宿命から瞬間なる無数無限の同感を補い続ける必然性を発生させるのです。これを支える力は美しい同感に向かい続ける気力（vitality 起点）の必然性に他なりません。

美しい対象に同感した情念は、対象との一体化にもかかわらず、同感という瞬間の性質から再度の同感に向かい続けるリズム（生命）を発生させる必然に至るのです。このリズムを支え活かすものは何か？　それは想像力に他なりません。従い、リズムを活かす想像力は「『同感する情念』と『同感し生まれたリズム』との一体化」に向かわせ続けると言えます。

つまり、リズムの必然性が生命の性質であるならば、情念と身体の一体化は「『情念』と『身体に及ぶ情念のリズム』との一体化」を活かす想像力に懸かっているのです。

要するに、

同感した情念が諦めず、その美しい同感の対象に向かい続ければ、何が残るか？

それは同感の情念を起点とした対象との一体化するリズムが発生します。

（「『同感し発生したリズム』と『起点なる情念（passion）』との一体化」が想像力に因り活かされる空間が誕生します。）

想像力に因り、身体に美しいリズムが活かされるとすれば「自らの情念と同感する対象の一体化する範囲（bound）」は自らの身体に及ぶ必然性にまで拡がると言えます。つまり、このことは、自らの美しい情念を自らの身体に及ばせる想像力を私達に気がつかせるのです。想像力に因り美しい情念の必然性を身体の必然性に及ばせることができるのです。

だから、瞬間の美しい情念の獲得は重要なのです。美しい情念の quality に向かい続ける必然性は「ひとつのリズム成す生命」の発生であり「『このリズム』と『身体』との一体化」に向かう情念の限りなき気力（起点 vitality）こそが人の身心を美しくするのです。

身体の美しい必然性の獲得は自らの美しい情念と、その情念から発生するリズムとの一体化に向かう気力に懸かっています。つまり、美しい情念の（自らが発生させた）美しいリズムに対する同感が、自らを美しく運ばれる状況に向かわすと言えます。要は、美しい必然性を身体に生み出すことに他なりません。

美しい対象に対する同感の瞬間から美しい情念を懐き、その生活観を美しく運ぶ人は、その情念を起点として美しい生命なるリズムを発生させたと言えます。重要なことは、美しい情念が美しい story に運ばれるとは限らないのです。例えば、読者が美しい感覚のstoryに没頭したとすれば、そのstoryのリズムの流れに同感した証しです。つまり、如何なる美しい情念も「自らの対象と一体化するリズム」に同感し続けなければ「リズムの起点となる情念」と「そのリズム」との一体化する必然性は活きませんん。これがstoryに没頭し活きる情念の力です。つまり、美しいstoryに没頭できれば美しさ活きる情念（passion）を獲得できるのです。

自らの美しい情念を如何にすれば自らの身体に及ばせることができるでしょうか？　それは自らの情念と身体の一体化にあります。何故か？　一体化に因りリズムが発生するからです。リズムの発生は生命の発生であり、必然性が発生し、その必然性が美しい必然性であれば当然、美しい情念の必然性は身体の必然性に及びます。

つまり、自らの美しい情念と自らの身体との間において、同感から一体化するリズムを媒介にして、自らの情念と身体とが一体化するリズムの発生を以て、自らの美しい情念を自らの身体に及ばせる必然性を生み出すことにあります。この必然性を活かすものが感性感覚や想像力に懸かっているとすれば、ルソーが『エミール』で陳述する「想像（imagination）が官能をめざめさせる」という指摘を肯定することができます。

美しい情念が美しいリズムとして自らの身体に活躍できるのです。

ここで「人を美しくする正体」に気がつくことはないでしょうか？　それは美しい情念が美しい身体のリズムとして活き活躍する「必然性」です。同感に因り私達が発する美しい情念が自らの身体に及ぶ必然性の可能性です。

その可能性は何に懸かっているでしょうか？　それは美しい情念が、その情念から発生したリズムの必然性に如何に関わるかで美しい必然性のリズムの生命が身体に活きるのです。

だから、リズム活かす想像力は身体を活かすのです。

「美しい情念の向かう同感する対象」が「自らの情念」と一体化しリズムが発生する時、そこには「美しい必然性」が存在し、もし、自らの情念が、そのリズムを乗り物（vehicle媒介）にして身体と一体化すれば、その身体は美しい必然性の身体となるはずなのです。

想像の美しくなるリズムに同感し向かう情念

白雪姫のstoryに登場する女王が鏡に向かい「この世で美しい者は誰か？」と尋ねる彼女の心理には「女王様です」という言葉を期待しているのです。既に分かっている問いかけをして「女王様です」と彼女は言われたいのです。何故か？　彼女はこれを何度も繰り返し飽きない、それどころか、答えが「白雪姫です」とならない限り、問いかけを続けるのです。それは彼女に快感を与えるというより彼女を快感に向かわせるからなのです。彼女は「女王様は一番美しい」という評価に向かい続けているのです。「もしかして一番美しい女王ではないかもしれない…」という彼女の不足の不安感が彼女に依然として残っているからこそ彼女は問いかけを続け「女王様は一番美しい」の言葉に向かうのです。つまり、彼女は「美しくなれるリズム」に同感したのです。

このリズムに彼女は同感し一体化し快感し続けるのです。この「一番美しい女王様のリズム」は彼女の美しくなれる生命と言えます。だから、女王の美しくなれる生命となるリズムを壊す「白雪姫」は彼女の最大の敵となるのです。

女王は「女王様は一番美しい」という鏡の言葉に評価される自らの美しさに同感し、想像力は、その同感の情念を止められず、ひたすら自らを美しくする鏡の言葉を期待し続けるのです。この必然性は「自らの不安感から美しくなるstory」を彼女に想像させます。そのリズムに因り彼女は美しく運ばれるはずなのです。だから、女王は鏡の言葉に同感し、これに向かい続ける、つまり、彼女の情念は「止められない快感に向かう見えざる手となるリズム」に同感し一体化し続けると言えるのです。彼女の瞬間の情念（passion）は「美しくなれるリズム」に同感したのです。

「女王の鏡への問いかけ」は、彼女の想像力から「自分自身が美しい」という勝手なリズムを「連続の問いかけ」を利用し発生させる美人の秘訣だったのかもしれません。彼女自身の「一番美しい女王である」という強い情念（passion）は、それを肯定する「一番美しい人は女王様です」という鏡の言葉に向かうのです。彼女は、これを何回も繰り返し飽きるどころか、その問いかけは快感に向かう見えざる手に運ばれる美人のリズムなのです。この繰り返しのリズムの流れは見えざる手の如く必然性を起こすのです。美人に運ばれるstory必然の誕生です。彼女は、この自ら想像した美人のリズムに同感を繰り返し、自らの情念を美人のリズムを乗り物（媒介vehicle）にして自らの身体を美人に向かわせるのです。まさに、リズムを利用した美人の秘訣なのです。何故なら、美人の心境の必然性の実感は、美人の身体に向かう最高の状況（situation）だからなのです。

（「二番目に美しい」という言葉を期待する女王はいません。「一番目に美しい」という鏡の言葉しか美人には存在しないのです。何故か？　リズムの力の性質はひとつに向かう情念に因り発生するからです。）

美人の身体の必然性に美人の心境の必然性が及ぶ必然性を誰も否定できないのです。

「想像力が官能をめざめさせる」というルソーの言葉こそ、人の感性感覚である情念

（passion）が想像力に活かされ必然性なるリズムの生命を発生させ、これが人の身体の必然性に及ぶ可能性を教えているのです。

美しい情念（passion）を如何に美しい必然性のリズムに乗せ、我が身の身体の必然性に同感させ身体に活かすか、この実感が美人に向かう秘訣です。

story と情念（passion）（美しく感じる必然性とは？）

人間関係の苦労のひとつ、それを精神的痛みとすれば「気持ちが通じない」が挙げられます。人はせっかくのプレゼントも気持ちが通じないことでがっかりします。気持ちが通じないことから人は限りのない人間関係の苦労に発展してしまうのです。「気持ちが通じる」とは？　これを二人の心の一致、二人の一体化する実感とすれば、気持ちが通じる決定的瞬間の感覚とは何でしょうか？　それは瞬間の「一体感を感じる」ではないでしょうか。素晴らしいプレゼントに対して、その素晴らしい意図を感じる必然性がプレゼントする側とされる側とを一体化させるのです。それが幻想であれ何であれ、二つが同感（sympathy）からひとつになる瞬間の必然性が在るか否かに懸かっているのです。

美しい対象と自らが一体化する瞬間は自らの美しく感じる必然に懸かっているので

すから、この美しく感じる必然性から美しい対象と同感する自らは、一体化し、ひとつの生命リズムを発生させ、つまり、二つの間に美しい要素が通じ活きたことになります。ここで、私達は美しくなる瞬間の必然性を理解できるのです。感じる身体に美しい要素が流れる生命リズムを取れば、その感じる身体は美しくなるはずなのです。美しく感じる必然性の貴重さです。

storyとはひとつの時空間の流れ、つまり、ひとつの生命リズムの存在となります。何故なら、storyを読んで美しい情念の必然性が活かされるからです。もともとstoryに人の美しい情念が貫かれていたならば、storyは、その情念の生命リズムを感じさせる賜物なのです。

「美しく感じる必然性」は如何にすれば感覚され同感できるか? 人は対象に同感し対象と瞬間に一体化しますが、人はstoryにも埋没し、そのstoryと一体化します。同じ行動を共にしたことから相手の気持ちが分かる様になることはないでしょうか? storyが美しい必然性を運び、このstoryに同感すればstoryに流れ運ばれる美しい必然性は、その同感する身体までに及ぶ可能性があります。つまり、美しい必然の情念はstoryに運ばれ、そのstoryに同感する身体までに及ぶのです。

誰も丁寧な挨拶をされれば、それに応え、丁寧な挨拶で返します、これは自然な姿勢態度です。相手の美しい身なりに誰も美しい身なりで応える意識になります。例えば、彼女の美しい声に対して乱暴な男性が美しい声で応えてしまう必然の可能性を否定できるでしょうか？　少なくも、彼は瞬間にして「美しい必然性」を感覚したのではないでしょうか、この瞬間の感覚が実は「美しく感じる必然性」に対する同感（sympathy）なのです。つまり、これが「瞬間に美しく感じる必然性」なのです。美しく感じる必然性の生命の存在です。美しく応える必然性のリズムが発生しているのです。応える人が美しいリズムに乗り、これを活かす身体を動かしてしまう、美しい声を出してしまう必然性に運ばれているのです。だから、自らを美しい必然性に運ばれる状況にしようとするならば、人は美しい人を鏡の様に見るべきなのです。美しい態度が必然であればあるほど、その当人は「美しく感じる必然性のリズム」に運ばれているのです。

人は一度美しい必然性を感じると、その美しい必然を何回も繰り返してしまうのです、何故か？　それは同感する美しく感じる対象が声であれ何であれ、美しい情念等の対象から美しい必然性をキャッチした感性は対象に対する同感に向かい続けるからなのです。瞬間を宿命とする情念の故に、向かう美しい対象に同感を繰り返してしまう必然、美人が自身を鏡に映し美しく感じ再度観てしまう必然、これが美しいstory

を飽きず何度も読んでしまう同感故の必然の正体なのです。美しい対象に同感し続けてしまう情念の性質です。

美しいstoryにたとえ夢としても入り込みたい、再度読みたいと思う瞬間から私達は美しい自分自身に向かいます。何故なら、美しく感じる必然性を叶える可能性の路線に身体を走らせているからです。美しい必然の身体を動かしたからです。

美しい彼女が鏡の中の自身になりたいと錯覚するくらい再度観ようとした瞬間、彼女の情念は美しく感じる必然性のリズムを自身の身体に流すのです。美しい声に対し、その瞬間、美しい声で応えてしまう必然性こそ、美しく感じる必然性の生命（リズム）なのです。美しく応えようとしてしまう、その必然性に運ばれる当人こそ美人なのです。


素敵な音楽を聴いて、その曲を何度も聴き飽きもせず、楽器を奏でる再現をも試みたい必然性は何が作用させるのでしょうか、もし、そこに美しく感じる必然性があれば、私達は美しい空間を自身に浴びせる様に、その曲を素敵な部屋で恋人と聴いたりして美しい同感を繰り返すでしょう。この必然性は何処に向かっているのでしょうか？　私達は誰も瞬間なる美しく感じる必然性を叶えるstoryを読んでいるのです。美しく感じるstoryとは？　美しく感じる必然を瞬間でも、醸し出すstoryは、その美しく感じる流れの生命なのです。storyを読み（曲を聴いて）そしてある時、瞬間の美しいタッチに気がつき、それは、とめどもない繰り返しにも取りきれない美しく感じる必然性が残存するのです。この美しく感じる必然性の正体は？　それは美しい必然性のリズムに乗るタッチです。これを連れてくる流れのタッチとはstoryと同様に美しい出逢いを許す瞬間なのです。私達は美しい情念（passion）を感じる必然性のリズムに乗ると、その美しい出逢いの再現に向かってしまうのです。何故か？　本来（nature）情念は永久不変の性質に在る生命（気力vitality）だからです。母親に対する想い、運命の初恋の想いを忘れる人はいません。情念は瞬間でありながら残存する気力（vitality）と言えます。

絵画にも美しいstoryの出逢いは勿論あります。私達の想像力を連れてきて、美しいstoryの出逢いを醸し出す画家は天才と言えます。人は知らず知らずうちに美しいstoryに気がつくと美しい空間を想像し美しく感じる必然性の瞬間と出逢い、これを身体で実感することが可能なのです。同感に因る美しい情念が美しく感じる必然性のリズムに乗り（同感し）自らの身体と一体化してしまう実感、この瞬間が自らを美しくする必然性です。

ここで、私達が気がつくことがあります。

一体、私達を美しく運び続ける根源の正体は何でしょうか？

例えば、死に際を美しく飾りたい感情の彼が、もし、死後にも続く情念を懐いているとすれば、彼の死は「目覚め」となり、目覚めを美しく飾りたいと解釈できます。瞬間に発生し永久不変に続く情念の存在は死という停止を超越し新たなstoryを起こし、その不滅の情念はリズムの起点となり、その必然性を活かす終わらない目覚めなのです。つまり、美しいstoryとは情念の活きる証しであり、美しい情念は想像力に因り美しいstoryを描く起点でありながら、ずうっと続く必然性のリズムの流れを支え活かす人の気力（vitality）なのです。美しいstoryとの出逢いは私達の美しい情念が活きる必然性の出逢いなのです。美しい情念は美しいstoryの必然性が証すと言えます。何故なら、美しいstoryのリズムに運ばれる過程には美しい情念が活き続けるからです。

《時の変化の想像に運ばれ必然に感じる美しさが香りの様にあの同感を覚えさせ、我storyに活きる情念が映し出された。》

美しい情念を醸し出す画家は美しい情念を醸し出すstory作家と、美しい情念を活かし続ける点で、その性質は同じです。つまり、私達の情念は永久不変の性質でありながら、その残存の在りかたで価値が決定します。情念は、その瞬間の発生を以て、そのqualityが決定しずうっと続くのです。ずうっと続く理由は情念が発生を以て、そのリズム（生命）発生の起点になるからです。情念が発生すると想像力に因り、それに従うstoryがつくられ、その情念は活かされ、その範囲は身体までに及ぶのです。この現象は私達の日常生活が証明します。過去の日記を読み起きる身体の興奮を私達は否定できるでしょうか。だから、人の美しい情念の獲得は重要なのです。

では、美しい情念の最大の利点は何でしょうか？　それは、瞬間に発生しながら永久不変に続く自然（nature）です。例えば、もし、story、絵画、革命の歴史、人の生涯に美しい情念が貫かれていたならば、私達は、その美しい情念に同感した瞬間、その美しさを活かす必然性を身体までに及ばせることが可能なのです。つまり、美しくなる秘訣は「美しい情念（passion）に対する瞬間の同感（sympathy）」に懸かっているのです。

私達を美しく運び続ける正体とは私達自身の美しい情念なのです。しかし、情念は永久不変に続く性質でありながら、この美しい情念の必然性を（瞬間であっても）身体が感じ美しい必然性の生命リズムと一体化しなければならないのです。何故なら、美しく感じる必然性の身体は自らが美しく発生させた情念と一体化した生命リズムに因り活きるからであり、この美しく感じる必然性を身体に及ばせる力は想像力の活躍に懸かっているからです。美しく感じる必然の情念を自らの身体の生命リズムとして身体に運ぶもの、それは想像力と言えます。想像力は自ら必然する情念の主に美しく感じる必然性を与える、美しい必然性を感じさせるのです。

恋する美しく身体を動かしてしまう必然のリズムの発生は想像力に因り可能であることは、本来（nature）の私達の身体が証明しているはずなのです。この原理を私達が如何に活かすか？　この姿勢に運ぶ必然性の獲得が本書の狙いなのです。

美しく感じる必然性のリズムとは？

美しく感じる必然性のリズムが身体に活きれば、その身体を美しい必然性に運べます。この時、人の美しい情念が美しく感じる必然性のリズムを媒介に身体に及び、身体は瞬間に発生した美しい情念と一体化し、これに因り美しく活きます。つまり、瞬間の美しい情念から発生した美しく感じる必然性のリズムが身体に及び活かされるのです。しかし、要は、如何にリズムを活かすかに懸かっているのです。人は、この美しく感じる必然性のリズムを身体に活かせれば自らの身体を美しく動かすことになるのです。

「人は、その気にさせないと動かない」という言葉があります。この現象を誰も知っています。この動く原因は何でしょうか？　それは何であれ、必然性なのです。動くしかない必然性なのです。何故、千夜一夜の王様に向かう女性は面白そうな話をするのでしょうか？　彼女は生き抜くために面白そうな話にするしかないのです。極端な例えですが、もし、生き延びるには美しく感じる身体になるしかないとされれば、誰も美しい身体に夢中に向かうのではないでしょうか？　誰も美しく感じてしまう必然の感覚を欲しがるのではないでしょうか？　実は、ここに誰も美しく感じる必然性を与える魔法の力として「想像」を思いつく必然に至るのです。

人は自らを感じさせる想像をすることができる

想像力を美しい情念に従い働かせれば、美しく感じる必然性のリズムを活かし、美しい情念を、そのリズムに醸し出し美しい身体の動きへと運べるのです。美しく感じる必然性を想像させる人は美人づくりの達人です。何故なら、その必然性が、感じる身体を目覚めさせるからです。

この想像力を休ませず発生させていくものは何でしょうか？　それは美しさに同感する情念の連続です。情念は永久不変の性質にありますが、その美しい対象に対する同感が瞬間であるが故に、その連続必然する情念は活きる必然として、自らの情念を起点とするリズムを活かし醸し出し、想像力を呼ぶのです。

音楽リズムに三拍子四拍子とあります様に、拍子は不定であってはなりません。一丸となって、そこに生命が発生し活きる方向に、そのリズムは繰り返され躍動し周囲に響き渡るのです。その範囲（bound）は感性や想像力において無限です。世の音楽が、これを与え私達に教えています。実は、人の情念（passion）においても、これと同様なのです。美しい対象に同感する情念は、その瞬間から永久不変の生命を宿し当然、リズムが発生し美しく感じる必然性が躍動しているはずなのです。リズムを活かす想像力は、このリズムの拍子を変えるのではなく、リズムの響き渡る範囲（bound）を無限にするのです。つまり、情念から発生する美しく感じる必然のリズムの拍子を変えずひたすら諦めず繰り返す必然を活かすことに因り、美しい情念のリズムは、その美しく感じる必然性を想像する人の身体に響き渡らし浸透させ、その身体を美しく動かすのです。換言しますと、想像力は美しく感じる必然性のリズムを活かし、その及ぶ範囲を拡げ美しい情念を人の身体に活かすのです。ルソーの言う「想像力は官能をめざめさせる」とは、これです。

有名なアダム・スミスの『道徳感情論』で陳述されるバレリーナを観る観衆が思わず踊る彼女の動きを同感してしまう様に、人は素晴らしい音楽を聴き涙し身体で感じ踊ります。storyが想像力の産物だとすれば、美しいstoryも美しい音楽と同様、美しい情念が醸し出された生命リズムとなります。もし、美しく感じるstoryが私達の身体を美しく動かすとすれば？　もし、storyが美しい情念の生命リズムの必然性を私達に感じさせてくれるとしたら、storyは仮説となり媒介（vehicle乗り物）となり、美しい情念の流れる必然性が私達の身体に運ばれたことになるのです。身体を美しく動かすものは何でしょうか？　要は、美しく感じる必然のリズムを身体で感じてしまう必然性なのです。

美しい対象に同感する情念はひとつの気力（vitality）として生命リズムが発生します。つまり、その同感が瞬間であっても情念は永久不変に残存する自然（nature）であり、その同感は繰り返されます。この情念が生命リズムの起点となり、その作用は生命リズムの必然性と言えます。「ある声楽家を恋する想いの発生からピアニストになりたく音楽学校を選んでしまった。」は、その例です。情念は残存しても、そのリズムから発生する必然性の作用は想像力に懸かっているです。情念を醸し出す想像力を如何に運ぶかです。

「運ぶ」が「起点をつくり動かすこと」であるとすれば「運ばれる」は一丸と発生する生命リズムを背景とした「流れる必然性」となります。この生命リズムの範囲が拡がれば、その流れる必然性の範囲（bound）は拡がり、つまり、運ぶ状況をつくれば、それに従う「運ばれつくられる必然」が起きます。人の身体もつくり（運び）、つくられる（運ばれる）必然性にあります。同様にして、想像すれば「想像されてくる必然」が発生します。いかがでしょうか「運ぶ」と「運ばれる必然性」、「運ぶ」を力点とすれば「運ばれる」は作用点となり、感性感覚に発生する生命リズムの必然性を教えてくれます。感覚から身体に作用を及ぼす点で「想像されてくる」「感じる必然性」を活かすことが身体に作用する点で如何に重要であるかが理解されてくるのです。では、作用を及ぼす点で、その必然性の範囲を拡げ、さらにその必然性を無限に繰返させるものとは何でしょうか？　それは想像力に他なりません。

美人の秘訣の第一歩、それは自らの身体を動かす美しく感じる必然性の理解です。

《例えば、感性原理を情念（passion）と想像力（imagination）の仕業から説明しますと、人（subject）は美しい対象（object）に出逢うと瞬間に自らの情念に出会い、その対象との同感（sympathy）に因り一体化し、その瞬間の生命リズムの起点となる情念は、残存し再度の同感に向かってしまう気力（vitality）の必然性を発生させるのです。これは情念が対象と一体化し、ひとつの生命リズムをつくるからです。二つのAとBがAでもないBでもない新たなCという生命リズムを発生させますがAはBに依然として向かい続ける必然性に因り、Cの必然性を活かす想像力を呼ぶAはBの美しい必然性を獲得するのです。これがAがBの美しい必然性を自らに活かすという美人の秘訣なのです。この点が発展生成過程でのアウフヘーベン（止揚）の理論とは異なる感性（sensibility）の生命原理なのです。》

情念（passion）を連続させる必然性の正体？

私達の情念は周知の通り残存します。しかし、その情念が起点として連続するとは限らないのです。

例えば「読む」に願望意志をつけると「読みたい」となりますが「読んでしまっ

た」との表現が過去形を強調するものでなければ、読む行為に運ばれた感覚表現となります。また「読み続けた」と「読み続けてしまった」を比較すると、そこに「必然性の有無」が示されてきます。前者にも後者にも後悔が無く継続意志が存在していたらどうでしょう？　つまり、この比較する中、継続意志を剝ぎ取っても残るものとは何でしょうか？　それは後者に残る「必然性」なのです。その正体とは何か？　何者かの生命リズムに自己が一体化し流れて活きている力なのです。

同様にして「感じる」を「感じ続けてしまった」にしますと、運ばれ感じる必然性の継続が紛れもなく活き残っているのです。もし、この感じる対象が美しい対象や美しい必然性であるとすれば、「美しい対象の必然性を感じ続けてしまった」という想いは美しい必然性に同感し続けていると言えます。感じる必然性が運ばれ続けるという、どうにも止まらない自らを含む生命リズムの実体なのです。この実体が美しさであれば、これを望まない人がいるでしょうか？　望むとすれば何故？　それは美しさの実体が必然性なる生命リズムを介在して自らの身体に浸透し流れ活きるからなのです。これに運ばれる人とは？　美しい必然性のリズムを自らの身体に活かす人に他なりません。

「読みが浅い」という言葉はリズム的な把握の姿勢と言えます。何故か？　それは、ひとつの時空間の流れとして把握しているからです。ひとつの一体化したリズムの流れの中での展望（読み）が活きていないと言うのが「読みが浅い」なのです。この様にリズムとは時空間の流れの必然性となる生命であり、storyの読み方次第で人は感性のリズムを活かすのです。革命家は歴史のリズムを読み、素晴らしい教師は個々の生徒のリズムを読み活かす、これがリズムの性質の実体です。先見の明とは時空間における人の主体的なリズムの把握なのです。これを美しいリズムに自らを運び活かす人の行為とすれば、この美しい必然性のリズムに運ばれる人とは？　美しい必然性のリズムを身体で感じ続けてしまう、どうにも止まらない美しくなる人です。

要するに、美しく感じる必然性とは、美しい対象に対する同感の情念から発生する生命リズムの実体なのです。だから、リズムの起点となる瞬間の情念（passion）は、その美しい対象に対する同感（sympathy）を残存させる限り連続の必然となるのです。

ここで忘れてはならないことがあります。人の本来（nature）の情念（passion）の活きる起点（vitality）は美しい対象に対する同感（sympathy）に因り発生し、人は想像力を働かせ、その同感の範囲（bound）を拡げていくのです。何故、人は自分の感動した曲やstoryを恋人や知り合いに教えたくなるのでしょうか？　それは同感（sympathy）の範囲（bound）が拡がるからです。換言しますと、一瞬に発生した情念が同感を覚えた瞬間の起点の必然性から生命リズムを発生させ活き続けるからなのです。本来、永久不変に残存する情念は素晴らしい同感を獲得するとリズムを発生させ、その必然性は想像力を働かせ、その同感の範囲を拡げ、それは自らの身体にまで及ぶ、これが美しい情念を以て自らの身体を美しくする必然性のリズムなのです。

重要なことは、私達が対象に対する同感（sympathy）の範囲（bound）を拡げてしまう必然性です。これは、どういうことでしょうか？　人は自らが感動した音楽や作品、その他、自らの経験談を他者に伝え、その美しいと感じる空間まで、その対象を感じさせようと想い、想像力をも働かせるのです。つまり、私達は美しい対象に対する同感から美しい情念を発生させますが、その同感を感じるばかりでなく他者に感じさせる必然性を発生させ、その同感の範囲（bound）を拡げるのです。この必然性の実体は一体、何でしょうか？　実は、その正体は私達の情念（passion）の性質なのです。私の他者に感じさせる必然性の対象は他者ばかりでなく自己までに及ぶのです。その及ばせる正体は自らの情念に他なりません。美しい対象に対する同感から獲得した情念は永久不変に残存する性質に在ります。その情念は活きると残存するどころか、リズムを発生させ、その起点となり、想像力は、その美しい情念を他者から自らの身体にまで運ぶのです。そうして、私達は美しい同感を以て美しく感じてしまう状況に運ばれる必然性を獲得します。美しい情念は、その起点から発生する生命リズム次第に因り、美しい同感を拡大させ、その範囲は無限であり、自らの身体にまで及ぶのです。その理由は、自らの美しい情念が拡大する同感に因る生命リズムと一体化しているからです。

美しい情念（passion）が美しい同感（sympathy）の必然性を呼び起こすstory、これが美人に向かうリズム（Invisible hand for beautiful）と言えます。

美しいリズム起点（vitality）の復活と潤滑

天体と人に各々、リズムが存在するとすれば、天体に流れるリズムのqualityと人に流れるリズムのqualityが近づく可能性は、人が、その本来（nature）を取り戻すことに懸かっています。つまり、天体も人も、同じ宇宙のリズムに存在しながら、人が、そのリズムを忘れ活かせない存在に在るのです。天体と人のリズムが一体化するとき、人に天体のリズムが流れ、天体の美しい必然性は人の身体に走り流れるのです。人が美しいと感じてしまう必然性こそ、その同感の瞬間、美しい対象と人の身体が一体化して美しいリズムが流れています。美しい対象に美しく感じてしまう身体は、その美しいリズムの起点（vitality）を同感（sympathy）に因って瞬間に獲得しているのです。要は、この起点を如何に継続するかに美人の秘訣が懸かっています。換言すれば、美しく感じてしまう必然性となる同感する起点は、美しいリズムと自らを一体化し活かす逆転の契機と言えます。人が、この美しい起点を契機に、その起点から発生するリズムに一体化出来るか否か、これに自らの身体の美しさが懸かっているのです。

では、如何にすれば、美しい対象に同感し獲得した起点を活かし続けられるでしょうか？　それは起点の必然性の再現に他なりません。つまり、瞬間なる必然性の起点を甦らせる想像力に懸かっていて、この起点とは必然性なるリズム発生の源であり生命リズムの必然でありますから、想像力が、この起点の必然に及ぶ事実は、想像力がリズム発生の流れを活かす人の本来のqualityであることを証すのです。何故、想像力がリズム発生の流れの起点を再現できるのでしょうか？

それは人の本来（nature）の情念（passion）の性質から理解されます。実は、想像力は、その情念復活の助けとなり、情念の性質を活かす潤滑油なのです。美しい同感が瞬間かつ不安定であるにも関わらず、本来、人の情念とは永久不変不滅の性質に在ります。情念が良くも悪くも人に残存してしまう事実は周知の通りです。だから、想像力次第で、人の美しい情念は甦り、美しいリズム発生の起点の情念は再現し、美しいリズムは再現し活きるのです。想像力は美しい同感を無限に呼び起こし、その美しいリズムと一体化する人の身体を美しく感じさせる必然性へと運びます。

瞬間なるリズムの起点が美しいリズム発生の逆転契機であるならば、想像力は人を美しく感じさせ美人へと運ぶ逆転契機をつくる人の quality なのです。

感じるリズム（subjectivity for feeling）

人は一緒にやっていけない相手に「肌が合わない」と言います。人は既に相手のリズムが自らと一体化出来ない感覚を察知しています。相手のリズムに乗れない感覚を肌で察知するとすれば、その必然性の起点は何でしょうか？　それは、全身で感じる異なるリズムなのです。「肌は脳の延長」という医学的根拠はともかく「目」でなく「肌」の言葉を発する必然性の根拠は全身で「感じる感じてしまう」感覚です。その瞬間の感覚は相手のリズムが自らのリズムと異なる起点として発生します。つまり、人は相手のリズムを察知すると言えます。リズムは流れる生命であり、この流れに乗るには相手と一体化するしかないのです。だから、相手のリズムに乗れない感覚は、全身で一体化出来ない必然性から「肌が合わない」と言葉を発生させるのです。要は、人が相手のリズムの流れを自らのリズムに一体化し感じる起点と一体化出来ず感じてしまう起点とを察知できる事実を証すのです。「肌が合う」とは人がお互いのリズムを全身で同感する瞬間の起点（vitality）なのです。

従い、重要なこと、それは、人に本来（nature）存在する「感じるリズムの必然性」です。

美しい起点から発生するリズムに「肌を合わせる」、これは美人の秘訣であり、人は自らの感じるリズムで同感（sympathy）する、美しい対象のリズムを全身浴の如く一体化し感じてしまう必然、この「リズムの起点」を起こすことが肝要となります。

人は本来（nature）自らのリズムを発生させ、そのリズムで対象のリズムを感じる生物なのです。

二、美人に向かう必然的想像のリズム

美しい想い（美しいstoryとは？）

私達は体験から美しい想いを懐くと、ふと、心許す親しい人に、その想いを伝えたい心境になることがあります。そんな時、私達はどの様に伝えるでしょうか？　美しい想いを伝えようとして何を想像しているでしょうか？　一瞬でも美しい想いに触れた私達は誰も「美しい想いを獲得した時の状況」を想像するのではないでしょうか。その想いの想像は、その場所や持ち物までに及びます。私達の美しい想いは、その同感の必然に及んだ状況であれば、その隙間までも想像するのです。

美しい想いの貴重さに気がついた時、人は、その起点となった美しい同感（sympathy）を呼び覚ます様に想像します。想像から、その呼び覚まされた同感を感じたら、私達は、その時空間に及び、その想いを復帰させるのではないでしょうか。何故でしょう？　それは、同感の瞬間を一番美しいと快感を覚え大事にするからです。表現すれば、私達が意欲する貴重な想い出のアルバム作りです。同感の想像は、その状況での実感の想像に及び、これは何回もアルバムをめくるが如くです。美しい想いは常に快感させる美しい同感の必然的感情の宝に他ならず、この同感から、その状況における同感の実感を想像していく私達の必然性の正体とは何か？　実は、これが私達の美しい想いのリズムなのです。美しい想いのリズムを私達は想像しているのです。人は既に美しい想いのリズムを想像し、その快感する同感の実感の必然を期待していると言えます。状況の想像は実感の想像に及ぶ、これは、そのリズムが実感を活かす、つまり、その美しい想いのリズムが美しい同感の実感を甦らせる必然に運ぶのです。

美しい想いとは？　それは美しく感じられるstoryと言えます。何故？　たとえ、いくら短い感覚であっても美しく感じ運ばれた感覚の瞬間（起点）を美しい想いの絶対条件とする限り、その想いの必然的性質は美しいstoryの流れる必然性と同じだからです。美しいstoryは美しい想い流れるリズムを発生させています。つまり、storyとは運ばれる必然性の生命のbodyの如く、美しいstoryとは、その運ばれる生命の必然性の果てに向かう美しい想いのリズムなのです。それ故、美しい想いに浸る感覚は、既に美しく生まれた生命に運ばれる必然性に存在し、美しいリズムに運ぶ起点なる美しい情念（passion）のstoryとも言えます。美しい情念のstoryとして流れる、その果てに向かい美しい想いが奏でる、これが美しく運ばれる必然性のリズムの現象です。

人は美しい同感から美しいstoryを発生させる

人は、美しい対象に同感（sympathy）した起点（vitality）から、その同感の生命の必然性に従い、リズムを発生させるばかりでなく、美しい想いのリズムに運ばれる新たなstoryを発生させる必然に至るのです。何故なら、同感から発生する情念（passion）はリズム必然の起点になり、それはstoryの必然的起点の性質と同じだからです。恋をした瞬間から、恋する相手とのstoryを誰も想像したいはず。つまり、人は美しい同感を想像できれば、美しいリズム及び美しいstoryを発生させる起点の必然的状況を獲得し、それは美しい想いを無限に発生させ、その気力に因っては自らの身体のリズムに響かせるに至るのです。美しいstoryに我が身を没頭させ実感する人の身体ほど美しさに向かうリズムに運ばれ易い状況と言えます。何故なら、その運ぶ流れは必然性の力に他ならないからです。storyの性質は、その必然性から、美しい同感の情念（passion）を自らの全身に響かせ運ぶ乗り物（vehicle媒介）と言えます。storyに没頭する読者は、そのstoryに生きるリズムに同感する状況に存在するのです。美しい対象に対する起点なる同感（sympathy）は、美しい想いのstoryの扉を開き、storyは、その同感の生命を運ぶのです。

美しいstoryに同感するとは？（storyはリズム）

美しい過去の想い出に浸る感覚とは、美しい同感の情念から始まるstoryリズムのbodyに触れ味わう想像と言えます。つまり、人は想像力により美しいstoryを浮上させ、そのstoryに美しい同感を復帰させ、そのリズムに一体化する同調を繰り返すことができる。人が想像からstoryを「流れる必然性のbody」として浮上させ、その生命リズムに一体化し同調同感するとすれば、この限りにおいてstoryはひとつの生命となりリズムなのです。何故、人は、この想像をするのでしょうか？　それは、美しい同感の必然性は美しいリズムの必然性を存在させ、その想像から浮上するstoryは、快感の美しい同感を復帰させ味わう必然性を再現させるからです。美しい想いの情念の発生は本来（nature）瞬間ですが、人は、その発生必然のstoryリズムを想像力で再現させ、その「美しい必然性そのもの」と一体化し同感するのです。想像力は「美しい必然性そのもの（storyリズム）」に同感（sympathy）することを可能にするのです。実は、この「『美しい必然性そのもの』に同感すること」こそ、美しいリズムを自らの全身に及ばせ一体化させる力なのです。つまり、美しいstoryそのものに同感する必然性は、人を美しくする必然性と言えます。

美しい想像の起点

例えば「～さんがキスをした」と言った言葉に、人は様々な想像をします。何故か？　キスをする行動には色々な状況が考えられるからです。つまり、状況に対する想像は無限であり、人は状況を想像しリズムを意識します。想像はリズムの存在に及ぶのです。人は自らのリズムと他者のリズムを意識し、その想像を可能にします。何故、人は自分の好きな人や美しく感じる想いの情報に関心を懐くのでしょうか？　それは、人が自らのリズムと快感する相手側のリズムを意識するからに他なりません。好きな人の情報を獲得していく流れの果てに存在する意識とは何か？　それは好きな人のリズムと一体化に向かう自分のリズムの意識に他ならず、その実現不可能な状況が存在するほど、二つのリズムをひとつに醸し出す想像の必然性が発生するのです。もし、好きな人に対する美しく感じる想いの同感（sympathy）を覚えた時、人は何を獲得するでしょうか？　獲得するもの、それは美しいリズムを想像する必然の起点（vitality）です。自己を相手の美しいリズムとの一体化に向かわせ、その美しい想いのリズムへと可能にする必然の起点とは？　それは二つのリズムをひとつに醸し出す美しいリズムの想像の起点に他なりません。例えば、想像から大好きな恋人と自らを一体化し一番美しく快感する起点を探し出し続ける想いとは？　これは美しく想像するリズムに効果的です。要は、美しいリズム起点の実感に懸かっているのです。それは美しい想いのリズムを醸し出すstoryの始まりです。この想像意識の繰り返しこそ、人を美しくすると言えます。何故なら、この美しい想像は美しいリズムの発生に及び、その起点を実感させ、その起点は自らのリズムを一体化させ、そのリズムは自らの全身に及ぶからです。美しい想像の起点は美しい身体リズムの実感であり気力（vitality）なのです。

想像から美しい同感（sympathy）を甦らせれば、その瞬間でも美しいリズムを発生させ実感できる。つまり、リズムが必然性なる生命であるならば、人は想像力により美しいリズムを自らの全身に一体化できるのです。

美しい必然的想像を発生させ、その気力から、この美しいリズムの想像が身体に及ぶ時、人は美しい必然性に存在できます。「人が美しくなる生命（リズム）」の発生です。

《私早川玲生の著書『美人の秘訣』に収録される「小さな声の鳥」では、自らを小さなカラスと思い込む黒いウグイスが美しい女性のリズムに向かいます。その彼女は声も出ない彼の黒い姿を美しいと彼に告げる人。美しい声を出せない彼は彼女のリズムと一体化したい想いを走らせますが勇気が出ないのです。そんな彼が悲しむ彼女に向かう時、初めて美しいウグイスの声を出せたのです。美しい彼女のリズムに一体化したい想いの情念は、声を出せない彼のリズムを超越し、予想外の美しいリズムの生命を発生させるのです。彼女を励ます必然が、彼女と一体化する美しいリズム流れる想像の必然を起こし美しいウグイスの声を醸し出したと言えます。彼女と一体化する美しいリズムの想像が、彼の全身へと及び、その必然がウグイスの美しい声を覚ましたのです。彼は彼女と一体化する美しい想いのリズムの想像により「『小さな声』の鳥」から「小さな『声の鳥』」に成れた。》

人は美しいリズムに同感（sympathy）すると、そのリズムとの一体化に向かい、想像力は、その同感を起点に美しいリズムを醸し出し、それは自らの全身に及ばせるのです。その様に運ぶstoryは人を美しくするリズムです。

美人は美しい必然性を欲す

美しい対象に同感する私達は、その瞬間を起点に、美しい対象との一体化に向かう情念を残存させます。例えば、美しく感じる想い人をいつか恋人にしたく想う情念は、その例です。しかし、瞬間なる同感から獲得した美しい生命リズムの必然性を自らの必然として実感しない限り、そのリズムを自らに活かすことはできないのです。要は、自らの実感に美しい同感の必然の瞬間を連続させ復帰させることなのです。何故なら、一瞬であっても美しい生命リズムが存在する根拠（ground）は、その美しい必然の実感だからです。その必然の実感の範囲（bound）は私達の想像力により拡大され全身に及び、私達の想像は美しいリズムの必然性を甦らせるのです。この美しいリズムの必然性を如何に自らの全身に及ばせるかは想像力に懸かっていて、その想像力は美しい同感の必然的実感を運ぶと言えます。何故か？ つまり、美しい同感の必然的実感は瞬間という性質故に、その甦らせる力は必然性の活力と言えるリズムしかなく、そのリズムは想像力に因り醸し出されるからなのです。想像力はリズムを運び、必然的実感はリズムに因り活きるのです。だから、美しい同感の情念を復活させ、その範囲（bound）を拡大させ全身に及ばせるのにリズムは絶対必要不可欠な必然性の力であり、想像は、そのリズムを運ぶ力と言えます。想像は快感のリズムが自らの身体に運ばれる必然を発生させ全身を動かすに至るのです。

例えば、私達は同額であれば中古品より新品を選びます。しかし、もし、その中古品がご自分の大好きな恋人の所持品であれば、新品を選びません。これを私達はどの様に理解しているでしょうか？　誰も、選ぶ判断に異論はありません。実は、この判断の根拠（ground）に「人が本来（nature）の力に頼る」証しが存在しているのです。この「本来の力に頼る」とは一体、何でしょうか？　人はご自分が大好きな恋人のリズムに快感しているはず。当然、この時、恋人に対する意識から当人は恋人との一体化したリズムを存在させています。つまり、恋人の所持品から、そのリズムを発生させ快感を味わってしまうことを私達は知っているのです。この時、私達はどの様な自らの力に頼っているのでしょうか？　それは自らの想像なのです。では、その想像から、どの様な力を期待しているとすれば、いかがでしょうか？　恋人の所持品から快感を感じる想いの快感の根拠は一体何か？　人は感じる想いに運び、実は、感じられ運ばれる想いに最大の必然の快感を存在させます。何故か？　それは相手の美しいリズムの必然性から自らの美しい同感の必然を復帰させ、そのリズムから快感を貰うからです。正確には大好きな恋人のリズムから必然に運ばれる快感を自らの想像に頼り、その必然から感じられ運ばれる自らの必然の快感を期待しているのです。「人が本来(nature)の力に頼る」とは、これです。換言すれば、人は想像し感じてしまう必然の運びを美しいリズムに因る快感から構想してしまう、つまり、美しいリズムの必然性をわが身に起こす手配をする生物なのです。

美人に向かう人とは、自らの想像から対象の美しいリズムの必然性を自らが感じる必然として発生させ、美しく運ばれ感じられる必然的想像感覚に至るまでも欲するのです。

美しく感じてしまう必然的storyは美人の想像と言えるかもしれません。大好きな恋人の所持品を選ぶ人は何を想像しているでしょうか？　それは美しい必然の想いのリズムに運ばれ感じてしまうstoryなのです。

一体化させる想像（必然化するリズム）

私達は重要な二つの選択に迫られた時、ジレンマに立たされたと表現します。レンマとは「直感的把握」を意味しますが、ジレンマ、トリレンマに次ぐ「テトラレンマ」に関心があるでしょうか？　テトラレンマの例のひとつから興味深い問いかけとして「『A』でもあり『Aでないもの』でもあるものとは何か？」が挙げられますが、いかがでしょうか？　常識を外れ難解とされてきた哲学的な問いかけですが、実は、この理解が美人の秘訣にあるのです。私の著書『美人の秘訣』に収録されるstory「追憶の美しき輝き」に登場するテトラ王女と奴隷ミエルは何故、二つの国の友好にまでに発展させることができたか？　追憶する想いの美しい輝きを依然として存在させる正体は何か？　これは美人に向かうリズムに他ならないのです。このstoryには「あるもの」の力によって全てを一体化させる美しい必然の生命リズムが存在しているのです。その「あるもの」とは何か？　それはテトラがミエルの放つ美しいリズムから、その美しい輝きに同感し気づき、それに向かい生存させようとする想いの情念を起点に必然化する想像力なのです。その想像は二つの異なる国を一体化させる美しいリズムに巻き込んだのです。つまり、テトラレンマの問いかけ「『A』でもあり『Aでないもの』でもあるものとは何か？」この問いかけに対し簡単自然な答えに導くもの、それはリズムです。リズムは一体化させるのです。二つの異なる『A』と『Aでないもの』に美しいリズムが流れる必然は二つを一体化させ、ひとつの美しいリズムの生命を発生させる魔法です。美しい想像は美しい同感の必然を美しいリズムに乗せ運ぶ力です。重要なことは、二つの異なる存在状況にどちらかが相手に同感（sympathy）

し、これに向かう故にリズムが発生することです。想像は、その美しいリズムを活かすのです。「美人に向かうリズム」は人の全身から、その及ぶ状況までを一体化させ美しく運ぶと言えます。

storyの王女テトラは奴隷ミエルの美しいリズムの輝きに同感し、その追憶の美しい必然化する想像は美しいリズムに支えられ生き続けます。追憶の美しき輝きを発生させる正体？　それは美しいリズムなのです。このリズムの起点は何か？　それは「美しいミエルのリズム」に対するテトラの同感（sympathy）に他なりません。そのテトラの美しい情念（passion）から発生する美しいリズムは異なる二つの国をまるごと一体化させたのです。

美しさはリズムの「起点の必然性」に懸かっている

何故、私達はstoryを読み、その主人公の心境になるか？　これはstoryのリズムに私達が乗るばかりでなく、そのリズムが私達と主人公をstoryの状況把握から一体化させ、storyの主人公の起点となる気力（vitality）が読者自らの実感と一致する必然性に置かれていくからなのです。私達はstoryから、リズムの「起点に始まる必然性」の要点を教わるのです。リズムの重要点は、その起点の必然性です。いくら美しいバレリーナがテクニシャンでも、その演技は最初の気力に懸かり、その気力は演技のstoryリズムに一体化する必然性に活き、その美しさが懸かっていると言えます。

美しさはリズムの一体化に存在し、そのリズムは、その気力（vitality）の起点となる必然性に懸かっています。つまり、美しいリズムの一体化は、そのリズムの起点で決まります。何故、リズムの起点なのか？　それはリズムの必然的生命の誕生はリズムの起点だからであり、その一体化するリズムが美しさを呼び育てるからです。

美しい対象や美しいリズムに対する同感（sympathy）から自らのリズムの起点を発生させる、そうして自らが美しいリズムとして一体化するからこそ、自らのリズムの起点（vitality）が「美しい気力の生命」として活きることを私達は忘れてはならないのです。

ここで読者様へ、storyとリズムについて、その確認すべき点をお伝えしたいと思います。

storyの命とは？　storyは生命リズム？

世の映画がテレビで放映される時、私達はコマーシャルを含む映画の短縮作業から、その味気のない映画の変化にがっかりする覚えはないでしょうか。実は、その問題の原因は短縮にあるのではないのです。内容短縮された映画は、その構成の変化からstoryの色づく流れが変わり、そのqualityが変化してしまったからなのです。正確にはstoryの醸し出す生命を失なった事実です。換言すれば、期待されていたstoryのリズムが消えたのです。つまり、storyの命は、そのリズムです。リズムを「流れ方」とすれば、storyとは、その流れから醸し出される生命リズムそのものであり、そのリズムは、その個性として読者に響きます。その同感（sympathy）は迫力となり、読者自身に、そのリズムは残存します。

要するに、storyに活きるリズムは、人が、そのstoryに一体化してしまう必然性に懸かっているのです。何故なら、storyが人に及ばせるリズムは、人とstoryを一体化させていく生命だからです。私達がstoryの流れるリズムに乗る最高の方法は、その一体化に他なりません。

storyは、私達の一体化に、そのqualityの生命（リズム）が懸かっていて、人が

storyに同感（sympathy）する時、人は、その瞬間からstoryのリズムに一体化すると言えます。つまり、storyの命とは、storyと私達を一体化させるリズムの必然性なのです。

（例えば、storyにハマり、その続きに夢中になり、わくわくしてしまう覚えは私達がstoryと一体化する証しです。storyの迫力の発生は私達の必然の気力に懸かっていて、その気力の生命が何かに気づき、storyと一体化するからです。対象へ意向する気力とは本来、私達が、その対象と一体化していく心理に懸かっているのです。テレビのドラマに一体化して観てなければ、面白いわけはありません。

また、例えば「人生の正義とは何か？」等という抽象的な問いかけに対して難問と思われても「人生の正義でないものとは何か？」を仮説することに因り、解答の道しるべになることがあります。何故か、それは反意義を出すことで、その反対方向に向かう必然するリズムの起点が発生し流れ始めるからです。否定の否定からでもリズム起点の必然に変わりはありません。

《storyは断片的な視野を外す必然の過程なるbodyの如く流れる生命リズムが存在し、それに一体化していく私達に、その価値が懸かっています。》

私達は、対象に向かう気力（起点）の必然の発生と同時に、その対象（問いかけ等）と一体化していきます。実は、これがstoryと一体化し流れるリズムの原理の始まりとも言えます。読者に推理させるstoryの流れが、その例です。）

ですから、あるstoryに同感する読者は既に瞬間から、そのリズムを知り、そのリズムに一体化していると言えます。つまり、storyの性質は、そこに一体化させる必然性の生命なるリズムが存在していなければならず、これに同感から一体化する読者は当然、そのstoryのリズムを身体に響かせる状況に至る可能性にあるのです。従い、人とstoryを一体化させるもの、それはリズムであり、その起点（vitality）とは私達の同感（sympathy）の必然性なのです。

美しいstoryの命は、私達の同感（sympathy）に因る一体化から、そのリズムを以て私達の身体に美しく響きます。

では、storyとは何者でしょうか？　ひとつの仮説としても、そこには因果を流れる必然の生命リズムが存在し、これに同感すれば、その流れに一体化し、その乗り物に乗るが如しです。現実の過去現在から未来を人は展望し、そのstoryに乗る主体性から歴史（history）という見方を編み出し、この流れる生命なる必然性のリズムを人は現実から客観したのです。storyやhistoryの命とは何か？　それは必然性リズムの生命と言えます。私達は、この命を想像力（imagination）で対応していたのです。想像力は構想力としても活躍し、人の感性（sensibility）を鍛え、私達の身体までも動かしstoryの命となるリズムを活かし、それ故、その一体化に従い、このリズムに因る感性と想像力は人の身体を動かす要因となっているのです。storyの命となる、そのリズムの必然性は感性と想像力を以て身体に響き身体を動かす鍵と言えます。

storyがリズムの仮説であっても、そのstoryの命は人の必然なる感性と想像力に因り活きる現実の力を呼ぶのです。この限りにおいて美しいstoryの命は人に活きる美しい必然と言えます。例えば、美しいstoryのリズムに同感（sympathy）し美しい涙を流す時、人はstoryの命を活かすのです。

storyと気力

人の寿命が一〇〇年としても、もし「私は三〇〇年も四〇〇〇年も美しく闘う」と発言する人がいるとすれば、これを私達は、どう解釈するでしょうか？　生まれ変わることを信じているのだろうかと解釈する人がいるかもしれません。しかし、たとえ生まれ変わらないとしても残る人の力が存在するもの？　それは人の素晴らしい活きる気力と言えます。何故なら、ここに三〇〇～四〇〇年の生命なるstoryのリズムに美しく活きる気力の存在が考えられるからです。つまり、必然に三〇〇年も四〇〇年も美しく闘うと発言する瞬間が、その発言する人の活きる気力だとすれば、その気力は、その必然の生命リズムの誕生と芽生えが起因していると言えます。私達は、この寿命を超える美しい気力の起因が「美しい三〇〇～四〇〇年のstoryなる生命リズムとの一体化している存在」であることに気づかなければならないのです。三〇〇～四〇〇年の気力とすれば、その裏に、それだけのstoryリズムの起点の必然を存在させる力、それは間違いなく、人の自然の応用です。人は、この力で美しくなれるのです。

人の活きる気力が、その必然なるstoryリズムに従う時、リズムに活き、そのstoryの流れに活きる気力（起点）の生命が無限に誕生しているのです。何故、無限か？　それは活きるリズムが無数の「瞬間なる気力（起点）」を活かし続けるからです。つまり、永久に美しくなる秘訣は、美人に向かうリズムに活きる気力次第と言えます。

美しく活きるstoryは私達に美しい気力を活かすリズムの始まりなのです。要は、この美しいリズムに向かい感性と想像力を以て、美しい気力を我が身に気づかせることなのです。

story

「目の見えないライオン（導きの声）」

生まれたばかりのライオンの赤ちゃんの中に、生まれつき目が病んでいる子がいました。それが天の定めか、彼は目が悪いためみんなからはぐれ、知らない間に独りになってしまったのです。彼がまだ少し目が見え、よちよち歩きの時、彼は狐に襲われていた鳥の雛たちを発見し、そこに自分の顔を突き出したことだけで、狐が去って行った事を記憶しています。やはり彼はライオンだったのです。彼は自分がどんな姿かもわからないまま成長した。彼は不幸にもそれからいっそう目が悪くなり、独り生きるために苦労してきたのです。しかし、彼の耳には素晴らしいことがあったのです。彼は自分をいつも味方し、導く不思議な声を知っていた、彼はこの声に感謝し、またこれの力で逆境を乗り越える勇気を持てたのです。また時には目の前が全く見えず、真っ暗になり泣き出したいくらいになることもありましたが、目が不自由なだけに彼は素晴らしい感覚の持ち主にもなった。そういう自分の感じる力が強くなったから、その不思議な導く味方する声が聞こえるようになったのかと彼は思うこともありました。不思議でそう思うしかなかったのです。

彼は自分がライオンであることは大人になってもわからず、不平を言わず何でも植物も食べた。というのは、食べ物に困った時、彼は不思議な声に導かれ神様のおかげなのか、顔の前に食べ物が置かれ、いつも食べることができたのです。目が不自由な彼には、不服はとんでもないもの、どんなものでも感謝の食事だったのです。

ある日、彼はものすごい危険を感じた。動物の本能的なものです。目の前に大変な敵の気配があったのです。このままでは自分はやられてしまう感じがあったのです。彼はただそれを感じるだけでどうすることもできません。その時です。彼を導くいつもの声が耳元で囁いたのです。「あなた様は一番強い声を持っています。一声大きく顔を振り吠えれば解決します」こう、聞こえた彼はその通り実行したのです。すると本当に辺りはさっと危険のない明るい感じになったのです。確かに彼の耳は素晴らしい耳です。

彼は目の具合が悪い時ほど夜、夢を見た。遠い昔の美しい草原やいろいろな動物も見えた。辺りの風景が動く自分の走る感覚も甦った。このまま夢が覚めなければと思うくらいだった。目が覚めると、辺りが何が何だかわからない世界なのだ。しかし彼はこうして思い巡らす中、自分が無事生きてこれたのはいつも耳に聞こえる不思議な声の力だと、天に感謝をしたのです。彼は太陽の光が体に当たる時の暖かさを感じとるように、毎日を感謝したのです。そして、こう思うと彼の心は独りではなかったのです。

彼はライオンでありながら、植物を食べて成長したのです。そんなある日彼は急に自分がどういう姿をした動物なのか、目が不自由なだけにしきりに知りたいと思いやけになり、泣きながら野原を暴れまわってしまったのです。その時、辺りの木々に挟まれ落ち、大怪我になった。辺りが静まり、彼がふと我に返った時、彼の鼻の前に、独特の香りの草が置かれたのです。彼はこれを口に入れた。彼はこんなバカな自分にしてくれた天の恵みに感謝し、これを機に彼は心を入れ替えた。彼はこれ以来、決して怒らずいっそう優しくなった。彼に感謝から恩を返したい気持ちが生まれたのだ。彼に今まで「してもらえる立場」しかない彼が自分の力に初めて意識したのです。彼にとって自分の力を出さずして自分がないように思えたのです。彼は何とかして自分が役に立つ動物になりたいと気がつくのです。しかし、目の不自由な彼には一つの悩みになってしまいます。彼はダメだと思うほど心に強く願った。

その夜から彼は、あの独特な香りの草と手に冷たい感覚の水の夢を見ました。彼はこの夢が何かの教えと思った。この夢以来、彼は自分の手を浸す水のある所に興味を持った。そこへ行こうと思った。しかしこのような水域は、ほとんどオオカミや狐が現れる安全な場所ではなかったのです。そしてある時、彼は水辺を求めてこうしていくうちに、自分が怪我をした時に口にしたあの懐かしい香りの草に出逢えたのです。彼はこの草を毎日毎日食べたのです。

それから一年後、彼はその草のお蔭か、自分の手を濡らす水が目にはっきり見えるようになった。そこは小さな湖だった。そして、その水面に遠い昔に見たことがあるお父さんと思える姿が映ったのです。立派なライオンの姿だったのです。それは自分。そればかりではありません。なんと自分の耳近くのたてがみに美しい小鳥がとまっているではありませんか。そして、彼が辺りを見ると、可愛い美しい小鳥がたくさん優しい顔で自分を見守っていたのです。そうです。彼を今まで導く声は美しい小鳥たちの囁きだったのです。彼は子供の時、狐に狙われた雛鳥を助けた。そして今もこの湖の近くの小鳥たちの雛を彼は守る事になったのです。彼がいれば雛鳥を狙う動物は来れません。彼は独りではなかった。彼はたくさんの小鳥たちの可愛い大きな英雄だったのです。

story

「花売り娘（天使のくれた花）」

人柄では人気があるのですが、自分の誕生日になぜか「おめでとう」と言われたくない青年がいました。このことを知っている人はいません。みんなはこの事を知らないで、彼の誕生日に「おめでとう」と言いますが、それに対して彼は嫌な顔をせず明るく「ありがとう」と言います。彼と親しくなり彼の心を少し感じ、たとえその事がわかったとしてもその理由については誰もわからないのです。そんな彼は花が好きな人。時々街の花売り娘を見かけ、花を買います。その彼女と彼の二人にある時忘れる事のできない事が起きます。

五月になると花がちらほら輝き始め、そんな時期に花売る人も動きます。小さい時からアルバイトで花を時々売って歩く街を歩く花売り娘がいます。今は十七歳、今日も街へ花売りをします。花は売れたり売れなかったり、でも花をきっかけに彼女は花に目をかける人の顔の出逢いに楽しく歩きます。

そんな生活の中で彼女は、一人の青年の顔に出会います。彼はすごく好きな花なのか、彼女の持っている花のうち赤い花を選び買って行きます。この出会う青年、どこに住んでいるのかこの近くの人のよう、いつもピンクの花があっても絶対に取った事がない彼。彼女はいつの間にか彼のその花を見る眼差しを見て、彼に好感を抱きました。いつの日か、彼女は彼がまた買いに来るのを楽しみにするようになります。「もしかしたら、私は恋をしたかしら」と彼女はある時思ったのです。「彼はもう買いに来ないかもしれない」と悲しく思う事もありました。「なぜ、ピンクは選ばないの？」こう彼女はいつも思ってしまう。実は彼女の好きな色はピンクなのです。でも彼女は「自分はピンクは似合わない」と前から思っている人なのです。だからピンクのシャツやセーターを持っていても、あまり人前では着ないのです。

ある風の強く吹く日、彼女は花を売りに出かけました。今日は少し風で寒い感じもあり、彼女は薄いトレンチコートを着ました。その時です。彼女はふと心に、今日は自分の好きなピンクのセーターを中に着てみたいと思います。コートの中であれば自分でピンクが似合わなくても、大丈夫と思い、さっそくピンクのセーターを中に着て出かけました。今日は町はなぜか人も多く、ピンクのセーターを着た彼女も楽しく歩きそのおかげか、いつもより花が売れました。「いつもこんなに売れないのに、ピンクは幸運の色かしら、でも、やはりコートがなければピンクのセーターは好きでも、人前では自信がない…」こう彼女は思いながら歩き、花は売れて売れて残りの一輪の花を持つ自分に気がつきます。

今日はもう帰ろうとある路地を通りかかった時です。三人のかわいい少年達がそれぞれ一輪の花を持っていますが、そのうちの一人が泣いています。ジャンケンで取り合ったのか、一人だけあまり大したことのない花になっていないものを握っています。彼女はその泣いている一人の少年にこう言いました。「これと交換ね！」と自分の持っている残りの一輪と取り換えてあげました。その子は急に笑って「ありがとう」と言って走って行きました。彼女が手にした物はつぼみが少しついた花のない物でした。

夕方になりかけた頃、彼女は反対側から何人かの友達の群れに出会います。そのうちの一人の女友達が彼女に言いました。「あなたも一緒に来たら？」と誘ってくれたのです。よく見るとその友達の中に、なんと、時々花を買ってくれる彼が、あの青年の顔があったのです。この時彼女は本当だったら行くはずもない友達の誘いにのってしまうのです。彼女は思います。「自分の今の姿は花売り娘…そしてもう帰って休む自分なのに、自分の顔もずっと風に吹かれ美しい姿とは言えないのに」

こうして誘った彼女と共に動いて行った小さな集団は、あるレストランに入って行ったのです。彼女は一瞬「しまった」と思いました。「このレストランはかなり暖かい…みんなはコートを着ていても当然脱ぐ、コート姿では今おかしい」と彼女は気を巡らします。そうです、自分の今日のピンクのセーター姿に彼女は気がつくのです。「あ〜ぁ…」彼女は心配になり帰りたいと思います。でも彼女はあの彼がいる以上、帰る決意も弱くできなかったのです。

そのうちみんなが席につきました。見るとやはりコートを着ている人はいません。それはかりではありません。みんなは何かを持っているのです。プレゼントの様なもの、それもみんな花を持っているのです。彼女は急な誘いと彼の顔の発見から、あの時のみんなの持ち物に気がつかなかったのです。花売りの彼女だけが皮肉なことに、一番花の用意がないばかりかプレゼントを何も持っていない人。今持っているのは、さっきの少年と取り換えたたった一輪の花にもなっていないものだけ。そしておまけに彼女は「とうとう自分はコートを脱がなければ」と思う人なのです。その時です。

一瞬静かになったと思ったら、誰かがあの彼に向かって「おめでとう」と言ったのです。なんと今日は彼の誕生日だったのです。順番に次々とみんなが彼にプレゼントや花を…彼女は心で「どうしよう」と思います。そして「あぁ～…あの時の最後の一輪の花でもあれば…」と彼女が心に思った時です、またビックリするものを彼女は目にします。なんとあの彼が上着を脱ぎ、みんなの前でピンク色のシャツ姿になったのです。「あっ！　私と一緒！」彼女はすぐに自分のコートを脱ぎました。みんなは感じたのか、一瞬、彼女と彼のピンクの姿に目をとめたのです。そしてそんなみんなの視線に彼が気がついたのか、彼女に向かいこう言いました。「あなたでしたか、あなたも来てくれたのですか、嬉しいです。どこかで見たと思いましたが思い出しました。どうぞこちらへ来て下さい」こう言われた彼女はつられて彼の前へ出ました。彼女はもうどうなってもいいという気持ちになってしまい、残りは次の動作しかありません。今唯一彼女が手にしているものを彼女は差し出したのです。その時なのです。彼が「あっ！」と目を輝かせ感激したのです。なんとあの時の少年と交換したものが、今、この瞬間、花を開かせたのです。それも美しいピンクのカーネーション。今まで目立たなく枝についていたつぼみが、部屋の暖かさによって花を開かせたのです。彼は一瞬感心した表情でゆっくり小さな声で彼女に言ったのです。「今日の日の事をわかっていたのですか？　今日は私の母の命日でもあるんです。私の誕生日と母の命日の日が一緒なのです」

今日は彼にとっても彼女にとっても忘れることができない日に。だって、二つのピンクの姿に、また、それを結びつけた唯一のきっかけは、たった今咲き開いたピンクのカーネーションだから。彼の母の思い出がこの花によって甦り、彼女は彼に思いがけない最高のプレゼントができたのです。

story 「アクアマリンとレモンクォーツを抱く娘」

今亡き祖父の部屋に入ったルミ、その時祖父が非常に大切にしていた二つの石を発見し「なぜ、これをおじいちゃんが？」とその謎に興味を抱きながら、彼女はその石を持ってみたのです。

祖母が「これはあの人がいつも忘れずに持っていたアクアマリンとレモンクォーツっていう石なのよ。ルミだったら持っていてくれればおじいちゃんも喜ぶわよ」と言ってくれたのです。アクアマリンは心を伝えるパワーを持つストーン。彼女はこの意味に惹かれ、レモンクォーツの意味もさらに興味を持つのでした。彼女は実は人に心を伝えるのが下手な十九歳の女の人です。そんな彼女はアクアマリンが好きになったのです。

そんな彼女がある日、公園の近くのアイスクリーム屋さんでアイスクリームを食べました。その時若い男性に逢ったのです。二人はアイスを食べる目と目との出逢いに親しくなりました。彼は素敵な人でした。その日、彼女を彼は自分の好きな近くの木の多い公園に連れて行きました。いろいろな話の中で、公園のどこが好きな所かも彼女は彼に楽しそうに話したのです。二人は「明日同じ場所でまた会おう」と約束したのです。彼女は彼を一度で大好きになりました。彼に恋をしたかもしれない彼女は翌日その公園で彼を待ちました。でも、この日から彼の姿は消えたのです。この日、彼女は彼が来ないのに必ず来ると信じ一日待ってしまったのです。彼女は昨日の彼の言動を全て今も信じているのですが、「なぜ?」と思うしかありませんでした。彼の連絡先は一切聞いていなかったのです。次の日もまた次の日も、彼女は彼を同じ場所で待ちました。自分がバカだとも思いました。確かな感じの彼だけに、何か不安な船の上に乗っているような気持ちに彼女はなっていったのです。

彼をどうしても忘れられない彼女は、時々その公園に行って、彼の大好きな場所で本も読みました。そんな毎日の中で一人の若い女の人に逢ったのです。彼女もいつもこの公園に来ている？　…ルミは気がつきました。彼女達は気も合い親しくなりました。そんな会話の中でルミは彼女から意外なことを聞くのです。彼女はこの場所が大好きな兄を想い、この公園に来ていると言うのだ。それを聞いているうちに、彼女は一つのショックに突き当たったのです。それはあの彼と会ったその翌日に、彼女の兄は事故で亡くなったと言うのです。まさかと彼女は思いましたが、その日付の一致が気になるのです。「あの時から姿を消す彼…。彼があの日来ない訳がない」こう彼女は彼を信じるがそれだけに、彼はもうこの世にいないと思うと悲しい。彼女はその時、彼の墓参りを思いついてしまうのです。

彼女はその女の人から情報を得、彼の墓参りに行きました。自分でもこの行動がおかしくてしょうがありませんでした。途中、電車に乗り、彼女は疲れからか少し居眠りをしてしまうのです。彼女は気持ちよく眠る中、一瞬、大きな声を出してしまったのです。気がつき目を覚ますと、電車の中の人達がみんな彼女の方を見ているのです。彼女は恥ずかしさのあまり席を移動しようとしました。その時です。彼女はその客席の前に座っている男性に気がつきます。「あの時の彼だ、確かに彼だ。でも、こちらを向いているのに何も言わない」彼女は恥ずかしい思いを通り越し涙が出てきたのです。「彼は私を忘れている…なぜ、私はこんなに思ってきたのに…」こう彼女は心の中で言いながら、恥ずかしい気持ちを忘れ、彼に向かって言ってしまったのです。「私も今日からあなたのことを忘れます」その時停車し開いたドアに逃げるように出たのです。

それからルミは、このあまりにも意外なことのしだいを、公園で親しくなった彼女に話したのです。するとまた意外な情報が流れたのです。彼女はルミの方を見て、目を輝かせこう言ったのです。「その人は私の兄の親友かもしれないわ。その人は私の兄とあの時、車の事故で視力を弱めてしまったの。その方の連絡も今は絶えてしまっているからわからないけど…」

一瞬にしてルミはあの時の電車の中の暴言を後悔するのです。「どうしたらいいんだろう…もう会えるかどうかわからない。私の気持ちだけでも彼に伝えたい」大変な後悔から彼女は涙が止まらなかったのです。泣いているルミを見て、その女の人は言いました。「まだ生きているということは素晴らしいことです。私の兄はもういない。何があっても相手に涙を見せられたら幸せです。愛あればきっとあなたを探しているはず…」こう言っている彼女から、彼女と逢えた公園の存在に感謝しました。これほど人の優しい言葉はないと彼女はこの時感じたのです。

ルミは彼女に次にこう言ったのです。「私が彼から聞いたことといえば彼の誕生日なのですが、そんな大切な日付まで忘れてしまったのです。彼は自分の生まれた日を言ってくれたのは覚えているのですけど、もし誕生日をはっきり覚えていれば、その誕生日の日に私はあそこの公園に行こうと前から思っていたのですが…」するとその女の人はびっくりしたような顔をして素晴らしい情報をくれたのです。「私の兄とその方とは誕生日が同じ今日なのよ」と言ったのです。その言葉はルミの胸に突き刺しました。「でも今はもう夜の九時。もっと早くわかっていたら…」彼女はそう思い、言葉も出せなくなりました。少し経つと彼女は急に「夜でももうそんなことはいい」と思ったのです。彼女は家にとどまっている心境ではなかったのです。彼女は今日のこの日しかないと思いながら、公園に向かったのです。「こんな夜公園は暗いに決まっている。あの公園は電灯もない。でも今日見てみたい…人影もない夜の公園…それでもいい、行けば少しでも気が休まる、今日しかない」と思いルミはあと少しの夜に走ったのです。

公園に着くとあの時の公園とまったく違うと感じました。その時です。その木の陰にルミは気がつくのです。木の陰のシルエットが公園にたくさん…辺りは素晴らしい夜の公園だったのです。今日は素晴らしい月夜、月がレモンのように感じたのです。レモン色の月の光…月の光のお蔭で辺りが別世界に…思い出の場所の意外な素晴らしさに彼女は「やはり来てよかった」と思いました。彼女はこの月の光に感謝しました。思い出の場所が月の光の中に。彼女はそこを歩いてみました。あの彼が好きと言った場所にも月の光が…。その時です。なんとそこには人影のシルエットがあったのです。それを発見した時です。そこから懐かしい声がしたのです。「ルミさんですか？」はっきりルミはあの時の彼だとわかりました。彼も唯一彼女に伝えた自分の誕生日に、ここに来て、意外にも月の光によって作られたこの素敵な場所に浸っていたのです。

月の光が射す木陰の下で、二人は逢いました。月の光のお蔭で二人はお互いに顔をはっきり見ることができました。その時です。ルミは祖父がアクアマリンとレモンクォーツの石を犬切にしていた意味がわかったのです。「きっとおじいちゃんは昔、月の下で、おばあちゃんに気持ちを伝えたのかもしれない」とルミは思ったのです。

story

「彼のペン（スマイルを探せ）」

春になると、入社式がちらほら。新入社員も話題はやはり、関心が異性、特に評判の良い異性については耳を傾ける。そんな新入社員の中に「老人に親切」と評判の異性がいた。この男性についても、いつかは話してみたいと思う若い女性の新入社員がいた。彼女は会社で彼女に話しかけたいのだがなかなかきっかけがない。小さい町の中の会社なので、面識はお互いにあるが、名前とか深く知り合うには時間がかかるし、彼女の性格からも、親しくなるには難しいのだ。

そんなある日、その彼女の好きな彼がバスに乗った。知り合いのバッタリも少なくないバスの中に一人の老人も乗っていた。そこで、すぐに席を立ち、「どうぞ」と席を譲る男、彼こそ評判の親切男。ところが、どういう訳か、その老人は素直に座らず、「いいえ、いいです」と言って立っている。彼は不思議そうな顔になり、心配な顔で老人を見守った。そのうち彼の隣の人が席を立ち、次のホームで降りた。そして、これと同時に若い女の人が乗ってきてそこへ入れかわる様に座った。彼の事が好きな新入社員の彼女である。彼女はびっくり、自分の横にあの好きな親切で評判の彼が座っているではありませんか、そして、もうひとつのびっくりは、彼の前に一人の老人が立っている。「なぜ、どうして？」と彼女は心に思いますが、そのうち、彼が「こんにちは」とあいさつをした。彼女は嬉しい気持ちで、いつにもない焦りの感じで「こんにちは」と返した。彼女は思います。「いつも老人に親切なはずの彼が席を譲らない。…そして私も今はここに座っていたい…彼がいるから…」そんな複雑な気持ちで彼女、今度は自分が席を譲る事を考えるが「もし、私がこの老人に席を譲ったら、彼の立場は？」とまで発展して考える。そのうち彼がこう彼女に言ったのだ。「となり同士座れたのは初めてですね」気持ちのズボシをつかれたみたいで恥ずかしく、彼女は照れ隠しの様な動作をしてしまう。頭の中で、さっき、自分の上着のポケットに入れたはずのペンを思い浮かべ、彼女はポケットに手を入れ、探し始める。「どこにお住まいですか？」と聞こうと思いながら。ところが、あるはずのペンがポケットになく、彼女は何回もポケットに手を入れ、困った顔を見せてしまう。彼の連絡先は前から欲しいもの。そのうち彼が「どうしたんですか？」と聞いてくれたのだ。彼女が「ペンです」と言うと、彼はすぐに「僕のでよければ」と言ってペンを差し出した。彼女は見るとちょっとないすごく素敵なペン・これが万年筆というものを。彼女は思わず「あぁすみません」と言いながら、そのペンを取って、わけのわからない話をしてしまう。というのは今度はメモ用紙もないのだ。そのうちバスは彼女の降りるべく停留所へ…気持ちが焦り続けた彼女、あいさつもいい加減にバスを降りた。バスは彼と共に去った。バスを見送ると、自分の手に握りしめているものに気がつく。彼の素敵なペン・万年筆である。「あぁ…返さなかった…」気がついてもバスはもう見えない。

家に着いた彼女、今日の一日で出てくるのは、やはり彼の面影、そして心に残るのはあの彼のペン…彼に触れるかの様な思いで、手を上着のポケットに…しかし、「あれ、どうしたの?」上着のポケットに入れたはずの彼のペンがない…彼女は焦って探しますがポケットにない事は事実、「どうしよう」頭をかかえる彼女…そこにやってくるのが、今度彼に会った時の想像です。彼の事をメモできないどころか、彼の大切にしていそうな素敵なペンを渡せない。言い訳はもちろん、無ければ弁償…それにしてもかっこが悪い…これが彼女を襲います。この時より彼女にスマイルはどこかに行ってしまうのです。

帰り道を辿ります。今夜は月夜で道は明るく照らされ、それが良いのか悪いのか、ペンが落ちていない事がはっきりわかります。「心に落とし物」をした様な心境の彼女は、翌日、デパートまで行きましたがダメでした。「何て言ったらよいのか…」「せっかく親しくなれたのに…」「ペンを用意するまでは…再会したくても…残念…」

一方、彼です。彼は彼女が何か自分を避けている様に感じるのです。彼は思います。「あの時、老人がバスの中で僕の前に立っていた。にも関わらず、僕は席を譲らなかった…だから…老人を立たせたまま、僕達二人で楽しくて、とにかく私は彼女が座る以前から席を譲らなかった…それかもしれない」

また、今ペンを探す彼女は思います。「あの時、彼は老人に席を譲らなかった。でも私も同罪。私は彼と話したかった事は事実。いつも親切な評判の彼であればあるほど不思議…でもそれだけに私の事を好きだったのかしら。誰だって好きな人と隣同志になれれば、嬉しくこんなチャンスはない…彼が席を譲らない悪い子であればあるほど、それだけ彼は自分の事を好きに思ってくれている…」こう考えていく彼女、彼が親切男であるか否かはもうどうでも良いと思っていく自分にもびっくりします。

そんなある晴れた日、彼女が友達とバスに乗った時の事です。車内であの時の老人を見かけます。ところが、その老人、辺りの席が空いているのに、なんと立っているではありませんか。彼女が不思議そうな顔をしていると、友達が「あぁ…あの方…いつもあういう風に立っている人なのよ。何か座れない訳があるんじゃないの」と言ったのです。その時です。あの彼女の好きな彼がバスに乗ってきた。彼女は今日はもう目をそらせられない、迷いますが覚悟を決め、彼がこちらを見る前にあいさつをと思い席を立ちます。彼女はとうとうやってくる言い訳もどうでも良いと彼の方に行こうとすると、後ろから友達が自分の上着を引っ張るのです。「行かないで」という風に、「何、やきもちなの?」という風に、後ろから友達が引っ張るのです。彼女が後ろを見ると、友達が笑って「これ…なぁに?」と彼女の上着の後ろを掴んでいる。それも何かかたまりを。よく見ると、二つの尖ったものが上着から…。「何だろう?」彼女が手でそれを摑むと…何か、硬い尖った二つのものが上着の服の裏地の中に何かが入っている。「あっ!」彼女はやっと気がつきます。それは二本のペン、一本は自分の…そしてもう一本は彼のペン…。上着のポケットからいつ上着の後ろに移ったのか、ポケットの中の袋の穴のせい…。穴を通っていつの間に。

彼女、ここでやっと自分のスマイルを取り戻します。そのうち彼が気がついたのか、空いたバスの中を歩きこちらに向かってきました。彼が「こんにちは」と言って彼女の隣に座ると、彼女はこう言ったのです。「あれから、私、お借りしていたペンをずーっと持っていたんです」

この時、こんな彼女の素敵な美しいスマイルはありません。

story「クリスマス・イヴの再会（謎の母の思い出）」

　十七歳の彼の名はダン。彼の母は彼が五歳の時にこの世を去りました。その時の事を彼が父親に聞くと、彼の母は「ダンにプレゼントしたいものがあるけど、なかなかあげられないものがあるの…」と言っていたそう。そんな彼の優しい母は今はいない。母は何を自分にプレゼントしたかったか、ダンにとっても父親にとっても謎の思い出なのです。

　ダンには時々町で見かける好きな話しかけたい少女がいます。彼より二歳くらい年下のかわいい少女です。でも彼女は何があったのかみんなとあまり口を開かない少女なのです。彼女と口をきくことは、みんなから言わせれば大変難しい事らしいのですが、彼はそんな彼女がある時、老人に席を譲る優しい行為を見ているのです。一度こちらを見てニコッとした笑顔が素敵でみんなとあまり口をきかないのが不思議なくらいでした。でも彼が彼女に一番惹かれたきっかけは、自分の母の若い時の写真の面影が彼女のニコッとしたしぐさに似ていた事です。

ダンはいつも愛犬のノンちゃんを連れて散歩をします。ある日彼はノンちゃんを連れてる彼女に出会います。ワンちゃんと話したい彼女はこの日、ワンちゃんと話したいので彼と口をきく様になるのです。二人を唯一繋ぐワンちゃん、ワンちゃんと話したいので初めて彼女は彼にワンちゃんの名前を聞くのです。今まで誰とも話をしない彼女ですから、周りの彼女を知っている人から見ればびっくりする事です。でもこのきっかけから彼は彼女にワンちゃんの名前を教えたはずみで彼女の名前を聞く事ができたのです。「～なんていうのかなぁ？　君の名前は？」とワンちゃんにも話しかけるように彼が言うと彼女は「セイラ」と言ったのです。この時から二人は少しずつ仲良くなります。彼女にとっては初めての普通の会話が始まるのです。

そんなある日、彼は彼女に町のいつもの散歩で通る広場のテラスで、アイスクリームをご馳走します。ここは二人の初めての会話をした場所で、辺りはいつものようにいろいろな人達が楽しく話をしています。ところが彼はこの日忙しく頭の中では考える事がいっぱいだったせいで、ミスをしてしまいます。彼女が一生懸命彼に話しかけているのに、うっかり彼は彼女に上の空の会話をしてしまうのです。「あっ」と彼は思いましたが遅かったのです。彼に何かを伝えようとしていた彼女、その瞬間から以前の口を利かない彼女になってしまうのです。「しまった」と彼は思いましたが、もう彼女との会話はそこで止まったのです。

もし、彼が彼女と再び会話を取り戻すことができるとしたら、それはその時の彼女が彼に伝えようと話しかけていた事を少しでも彼が思い出す事しかありません。これより彼は記憶を辿る事になるのです。でもいくら考えても考えても頭に出てきません。「どうして彼女の話をちゃんと聞かなかったのか」と彼は後悔するのです。彼は毎日あの時の彼女の最後の会話を想像する様になるのです。でもそう簡単に思い出す事は出来ないのです。彼は彼女の最大の関心事に目を向けてみました。どう考えても彼女は動物・ワンちゃんを好きな人という事しか出てこないのです。「ノンちゃんの話をしていたのかな」とか彼はクイズの答えを出すかの様に考えるのです。今度彼女にいつもの場所で散歩の時に出会えたら、話しかけようと彼は思います。「この前の話はワンちゃんの話だったんでしょ？」と。

翌日ワンちゃんを連れていつもの様に彼は散歩に出かけようとします。でもその日朝から雨が降り散歩は中止になります。雨が降っているのでセイラへの話のきっかけはもちろんできません。この時の彼ら二人のコミュニケーションの復活は唯一、ワンちゃんの散歩にあったのです。

この日彼はある夢を見ました。それは自分の亡き母の夢でした。この日からなぜか翌日もその翌日も雨が降り続き、少しやんだかと思えばまた降り、雨のあがらない日が何日も続いたのです。それだけではありません。この雨の降り続く日々の夜、彼は必ず自分の母の夢を見たのです。彼には不思議な雨と夢、「なぜなの？」と思うくらい母の夢と雨がちょうど彼と彼女の再会を止めるかのように。彼は「いつ雨はあがるのだろう」と思いながらじれったさと不思議な気持ちでいっぱいになります。そんな雨の降り続く日々が過ぎ、クリスマスが近づきました。

クリスマス・イヴの前日の夜の事です。雨は雪に変わりました。その雪の降る夜に彼はもっとも印象的な夢を見たのです。それは自分は赤ちゃんで母に抱かれている夢でした。何かを彼に教えているかのような夢……この夢に彼は何かを感じているのです。

クリスマス・イヴの朝はようやくお天気になりました。彼はいろいろ買い物もありお天気なのでもちろん散歩も予定して早く出かけました。ところどころまだ雪が残り、素敵なかわいい白い雪を乗せた赤レンガに日が射していました。その赤レンガの店のウィンドウで彼は飾られているかわいいぬいぐるみを見かけます。その時なのです、彼は思いつきます。セイラへのプレゼントを思いつくのです。でももっとこの時彼にとって心の衝撃が強く思いついたものがあったのです。それはそこで発見し出逢えたぬいぐるみです。トナカイのかわいい赤ちゃんなのです。「私を足止めした雨がそしてイヴの前日雪に変わり、クリスマス・イヴに運んでくれた夢が母と赤ちゃん…どう考えてもこのトナカイの赤ちゃん、クリスマスのかわいいセイラの好きな動物といえば、このトナカイしかない。でも、赤ちゃんとは？」とこう思う彼。少しはっきりしないものがありましたが、このかわいいトナカイの赤ちゃんのぬいぐるみを彼は買ったのです。お店の店員さんが「これは二つしかない手作りのもので残りの一つでよかったですね」と言ってくれたことが何故か彼にとってすごく大切な買い物に思えてならなかったのです。

彼はクリスマス・イヴのこの日、いろいろな用事や買い物を済ませ、彼女を期待しいつものあの場所にいつもの時間に向かったのです。広場に行くとセイラがこちらを向いてニコッとしていました。彼は感謝しました。近くのテラスに二人は座りました。「なんだかあの時の暗い感じが嘘みたい、セイラの表情は明るくこちらを見ている」ダンはこう心の中でよかったと思います。今日はクリスマス・イヴ不思議なくらいの夢と雨に運ばれたかのようなクリスマス・イヴの再会。

彼は荷物を椅子に置きながら、さっき買った渡すべきプレゼントを出そうと探しながらキョロキョロしていると、彼女がニコニコしながら指をさしています。見るとテーブルの彼女の所に自分の買ったプレゼントの包みがあるではありませんか。彼女はそれをこちらに差し出して今まであまり声を出さなかった彼女が「はやく開けて」と言ったのです。しきりに言うので彼はその包みを彼女の顔を見ながら開けました。そこにはセイラにあげようとしたかわいいぬいぐるみが当然入っているのですが、一瞬彼は「違う！」と心の中で叫びます。「なぜ…これは」見るとそのぬいぐるみにはカードがついていて「from セイラ」とあるのです。彼は自分の用意したプレゼントにはカードをつけてはいません。その時です。後ろからここの店員さんが彼に話しかけたのです。「これ…お客さんのですか？」と声をかけられたのです。彼が後ろを見るとなんと自分の用意したセイラへのプレゼントの包みだったのです。「確かに自分の…どうして…」と彼は思いますが、すぐに同じ店でセイラも同じプレゼントを買ったのだと気が付いたのです。すぐに急いで彼は彼女に「ありがとう」と言って開けたプレゼントのぬいぐるみを優しく自分の方へ引き寄せると、彼は「気持ち通じたね」と言いながら自分のプレゼントを渡しました。彼女も同じ柄の包みで開けると同じ物が出てくるのでびっくりしました。そして言ったのです。「なんだ…聞こえてたんだ…」と。あの時、セイラが言いかけたのは「トナカイの赤ちゃん」の話題だったのです。セイラは自分の言いかけた事をこのぬいぐるみで伝えたかったのです。

こんな風にあの時の解決ができようとは夢にも思わなかった彼は、この時に雨と母親の夢のお蔭だと思います。一つのテーブルにかわいいトナカイの赤ちゃんのぬいぐるみが二つ。これをみながら二人の初めてのクリスマス・イヴが迎えられたのです。

ダンは思います。「もしかしたら…母が僕にプレゼントしたくてもしにくいものでプレゼントしたかったものは実は、本当の生きているトナカイの赤ちゃんだったんじゃないのか、これに違いない」今まで謎の母親の思い出が今度のクリスマスでわかってきた感じがしてならなくなってくるのでした。

トナカイがくれたクリスマスプレゼント…それは…二人のクリスマス・イヴの再会。こうして、クリスマス・イヴに二人の恋人のカップルが誕生したのです。

story

「ドリちゃんのハンカチ（恋人達が黙るマジック）」

自転車に乗る男性が車と接触し足を骨折し入院しました。この男性が帰らず、待ち続けるドリちゃんというワンちゃんがいます。そんなわけで、ドリちゃんは彼のいない部屋で彼の妹さんと静かな音楽を聴いていますが、落ち着きの無い表情で彼女を見ています。ドリちゃんは彼がいないと落ち着かないのです。

翌日、ドリちゃんは妹さんにハンカチを口にくわえ持ってきました。妹さんは何だかわかりません。素敵なバラの模様のハンカチが妹さんの目の前に置かれ、何かをドリちゃんは待っているのです。

ドリちゃんは音楽の好きなワンちゃんです。ご主人様似というか、音楽を聴く時、いつも、ご主人様と一緒なのです。彼はドリちゃんが赤ちゃんの時からドリちゃんを抱え音楽を楽しみ、その時、ドリちゃんのためにハンカチをドリちゃんのために何枚も用意する人なのです。ハンカチは素敵な絵柄で色とりどりです。ドリちゃんは全てのハンカチがある場所を知っているので、ハンカチはドリちゃんが持ってきます。

彼が入院してから、妹さんが部屋で音楽を聴くと、必ず、ドリちゃんはハンカチを持ってきました。妹さんは何回もハンカチを持ってきて何かを待っているドリちゃんを見て考えますが、何だかわかりません。

ある日、妹さんはドリちゃんの持ってくるハンカチを病院でお兄さんに見せました。彼は、そのハンカチを見ると、いつもドリちゃんの顔や口元を拭いている自分とおとなしくしているドリちゃんを思い出しましたが、そのハンカチの事はわかりません。そのうち妹さんが「部屋で音楽を聴くと必ずハンカチを持ってくるのよ、顔を拭いてもらいたいとしても、ピンと来ないのよ」と言ってハンカチをたたみました。

彼は笑いながら早く退院したいと思い、一緒に音楽を聴くドリちゃんを想像しました。すると彼の頭に音楽が流れたのです。その曲は何故かビューターン作曲の「夢」でした。それから、彼は病院でＣＤラジカセを聴く様になりました。

妹さんが持ってきてくれるＣＤは彼の部屋にある名曲のいくつかでしたが、彼が思い出した「夢」の曲はありませんでした。

彼は、いまだにハンカチの謎はわかりませんが、妹さんが最初に持ってきたハンカチを思い出し気になったのです。あんなに沢山のハンカチがある中、何か気になるバラの絵柄のハンカチ、妹さんがたまたま、バラの絵柄のハンカチを選ぶにしても、不思議な気持ちになったのです。その時です、彼は数枚のバラの絵柄のハンカチをドリちゃんにプレゼントした昔の恋人を思い出したのです。そして、彼は、そのハンカチと一緒にプレゼントされたCDに気がつきます。そのCDの中には「夢」の曲が入っていて彼はドリちゃんと時々、その曲を聴いていたのです。

彼の心にある恋人はドリちゃんを非常に可愛がっていましたのでドリちゃんも彼女を忘れるわけはありません。彼は、バラの絵柄のハンカチから、頭に「夢」の曲から昔の恋人まで出てきて、思い出の扉まで開け、びっくりです。

そんなわけで、彼は妹さんに部屋に置いてある「夢」の曲の入っているCDを頼んだのです。家で妹さんは彼の部屋の奥にある「夢」の曲の入っているCDを見つけます。そのCDは珍しい感じで、彼女が部屋で聴いてみますと、意外な事が起きます。妹さんが、その曲を聴いていると、いつもとは予想外のドリちゃんになったのです。どうしてでしょう、今までハンカチを持ってきたはずのドリちゃんがハンカチに無関心になってしまった様に、聴いている妹さんの横に座ったのです。妹さんが抱いてあげようとしても、ドリちゃんは妹さんの横に来て「夢」の曲を誰かを待っているかのように聴いている…そう感じるのです。

以前、彼は恋人が部屋に来た時、ドリちゃんも一緒に「夢」の曲を聴いていました。

ドリちゃんの最愛の二人となる彼女と彼、その彼女は、天国に、彼は今、病院です。彼女の手がドリちゃんの身体に触れなくなってから、実は、ドリちゃんは、ずうっと、バラの絵柄のハンカチを彼が部屋で音楽を聴くたびに持ってきて待っていたのです。妹さんの話から、彼は「そういえば…」と、心に思い出され、その事にやっと気がつくのです。そして、入院した彼が次に気がつく事、それは、ドリちゃんが今、彼女が来なくなった時と同じ気持ちの心境に在ると感じたことなのです。

恋人の彼女はドリちゃんの心にずっと残っていたのです。これに気がつかずにいた彼は涙が出てくるばかりで、この心を取り戻してくれたドリちゃんに感謝し自分の頭をたたきました。

元気だった彼女と彼はバラの絵柄のハンカチで時々、ドリちゃんの顔を拭いてあげました。その時、ドリちゃんと一緒に彼等は「夢」の曲を聴いていたのです。

ドリちゃんは何故、この「夢」の曲が好きなのでしょうか、それは、この「夢」の曲が流れる間だけは、彼と彼女は無言になるから。「夢」の曲はドリちゃんにとって彼女と彼が黙るマジックなのです。この素晴らしい無言の世界にドリちゃんは彼等と一緒になれる。「夢」の曲が流れる世界がドリちゃんの心から消えることはありません。あの頃の僅かな数分間でもドリちゃんと彼と彼女がひとつになれる「夢」の曲。

ドリちゃんにとってバラの絵柄のハンカチは、すごく大切なものなのです。きっと、今、ドリちゃんは、彼が入院した時から、彼女が来なくなってしまった時と同じ心なのです。

ドリちゃんの最愛の二人、それはドリちゃんのハンカチから始まるのです。そのハンカチは彼に忘れかけた大切な夢の空間を思い出させたのですが、ドリちゃんは、あの頃から、ずうっと、彼女のくれたハンカチがあれば、あの曲が流れて、彼女も彼も来るかもしれない…そう思ってしまうのです。

story

「愛の見えざる手（ハートの由来）」

ある国に双子のプリンセスが生まれた。しかし、ひとりは耳が聞こえず、もうひとりは、目の見えない赤ちゃんだったのです。プライドの高い国王は天の定めと思い、悩みの末、耳の不自由なプリンセスを後継者にし、目の見えないプリンスを、信用のある一庶民に育てさせ、その身分は明かさないことにしたのです。

目の見えないプリンスはロミと名付けられ、まじめな青年に育った。その気性から、人からも好かれたが、やはり、目が見えないということで、辛い毎日が続いた。そんな彼をずっと前から見ていて、いつかは自分の心に触れてもらいたいと思っている娘ミーンがいました。彼女は、花々を思わせ、動物が近寄ってくる位の美しい娘だった。彼女はその美しさを本当に理解してもないのに、言い寄ってくる男達が酒を飲み、酔っぱらった勢いで「きれいだね」とか言う言葉にはうんざりしていたのです。男は嘘つきの調子よい人達と彼女は思い、毎日これからの希望を諦めず、やりくりしていた。彼女は本当の心の友を求めていたのです。

ある日、ロミの男友達のトムがミーンに声をかけます。しかし、ミーンはそれには関心を示さず、冷たくあしらってしまったのです。トムは前からミーンがロミに対して、優しい言葉をかけるのを見ていたのです。トムはそんなロミに対するミーンのしぐさにやきもちをやいたはずみで、うっかり、ロミにこんなことを言ってしまったのです。「ロミ、知ってるか？　ミーンは声は優しいが、けっこうブスなんだよなぁ〜」ロミはこれを聞いて黙っていました。ところが、ロミはこれを聞いてから、何故か、ミーンのことを意識する様になったのです。というのは、今までロミにとってミーンは「助けてくれる優しい女の人」としか考える余裕がなかったからなのです。

ミーンは、ロミが目の不自由なことから、一番、ロミにとって良い友達をいつも心に探していました。そして、ある時、生まれたばかりのもらった子犬をロミの所へ連れてきたのです。子犬もロミも仲良しになりましたが、ミーンは、やはり、いつもの様に自分に関心を示さない感じのロミを見て、寂しい気持ちがありました。その子犬とロミが楽しくしていればいるほど、子犬を連れてきた自分が仲間はずれの様な気持ちになってしまうのです。でも、ミーンに彼は「ありがとう」と明るい笑顔でお礼を言ったのです。ロミは子犬をレンと名付けました。

レンは、次第に、ロミの周りの世話にも役に立ち、すばらしいロミの友に成長していきました。これも、ミーンのおかげとロミは感謝しましたが、最も、彼にとって良かったことは、このレンに触れ、全身を撫でて可愛がることで、ロミは目が見えなくとも、立体を感じる目を成長させていったのです。そして彼は材料があれば何でもつくろうと思った。それも、目の見える人より素晴らしい作品をつくっていったのです。レンの顔の感触から子犬の心がのぞける位に、彼はその心をも成長させていったのです。彼はミーンとレンに感謝した。レンも素晴らしい友を得たかの様に、いつも彼のそばでは、尾っぽを元気よく動かしていました。

一年後、レンは大きく成長しました。ロミは、この頃、ひとつの興味と悩みを持ちました。初めて、ミーンのことを深く意識してしまったのです。彼は彼女の手にも顔にも触れたくなったのです。もちろん、ロミはそんなこと、恥ずかしくて、ミーンにいえるわけはありません。また、それだけに、彼は複雑な気持ちでいっぱいになるのです。そんな思いが心に生まれたロミは、ミーンのことを色々考える様になりました。ミーンに何かをしてあげられたらとさえ、思う様になったのです。ロミにとってミーンを自分の心の目に映し出すのは、唯一の彼女の声です。そんなミーンの声は、ロミにとって素晴らしい声だったのです。

いつも、ロミとレンとミーンがそろうと、楽しい会話になりますが、これをいつも傍観し、面白くなく思っている男がいました。男・トムはミーンのことをブスだと、いつか、ロミに告げたことがありますが、このことは、ミーン自身の耳にも届いていて、トムは、自ら、ミーンに書いたラブレターを彼女に突き返されたことがあるのです。トムはしゃくでしゃくでたまらなく、ミーンに優しくされるロミが時々憎たらしくなり、ロミに、また、こう言ったのです。「ミーンは、男からラブレターをもらったことがないほどブスなんだ」ロミにとっては、別の意味でショックでした。ロミは目が見えないし、字は書けない、当然、ラブレターを書くなんて出来るわけないのです。トムは、ロミの一番、傷つくことを言ったのです。ロミがミーンのことを好きであればあるほど。ロミは思います。「目の見えない私は、どうしたら、彼女にラブレターに代わることができるのだろう」ロミはバカまじめです。ミーンが本当にラブレターをもらえないほどのモテない女の人であれば、自分が彼女を励ますことをしてやりたいと思ったのです。

国の宮殿では、一つの変化がありました。国王が病の床につき、昔の国王のプライドが弱まったのです。国王は自分の双子の息子を思い出し、ロミを呼び出しました。

国王がみんなの前に出られず、息子のロミの助けも必要だったのです。彼は、目は見えなくとも、耳は立派に聞こえるプリンスです。ロミはいきなりの国王の呼び出しでびっくりします。彼は、自分を元気にしてくれた命となる愛犬レンを連れ、ミーンにも補佐をお願いしました。

宮殿では、もうひとりのプリンスが出迎えました。耳の聞こえないプリンスは、ロミを見た時、初めて双子であることを知ります。周りの家来達は、ミーンが美しく輝く女の人であり、ロミを大事に補佐しているので、彼女をロミの結婚相手だと思います。ロミは恥ずかしくて、まだ、そうでないことを言ったのですが、耳の聞こえないプリンスは、美しいミーンを見て、ロミのために、二人の結婚祝いを家来に命じたのです。この時、ロミは黙って横で聞いているミーンに感謝しました。ミーンも、この時のロミの微笑が嬉しかったのです。

ロミは、これまで、独りでミーンに伝えるラブレターに代わるものをつくっていました。彼は、柔らかい木を探し、その木の形状を美しいハートにしました。ロミは、手探りで、ミーンを思い、感謝と真心を込めて、立体の素晴らしい感触を備えたハートを作ったのです。ロミは、結婚の祝いのパーティーの時、ミーンに言いました。

「あなたはレンを連れてきてくれた。私はそのお礼の手紙もラブレターも書けない。でも、いつかは自分の気持ちをラブレターの様に伝えたかった」こう言って、彼は彼女に自分の作ったハートのプレゼントをしたのです。彼女は、そのハートを両手で目を閉じ、ロミと同じ気持ちになることを願い、抱いた。ミーンにとって、生まれて初めて感じる素晴らしい感触のハートのラブレターだったのです。

遠い昔に愛の伝説があった。地上で愛し合った二つの魂が天国で、不朽なる愛に永遠化できるスフェールという光体があった。その光体は球状で、宙に浮かぶ美しい光のボールの様なものであった。本当の愛を地上で経験した男女の魂の前しか出現しないのです。いくら、地上で生まれた愛であっても、生まれ代わる魂は、また忘れるかもしれないという試練があった。そのスフェールが出現した時、二つの魂がかつての人の姿になり、両手で、お互いにそのスフェールを抱きかかえ、一体化できた時のみ、永遠の不朽の愛が生まれるというのだ。そしてある時、そのスフェールを中に、二つの魂は両手を取り、抱きかかえ合い試みた。その時です。そのスフェールは二人に抱きかかえられると、一瞬にして回転し始めたのだ。その回転は急速化し、その二人の魂は外へはじき出されそうになった。本当の愛を維持できる二つの魂だけが、そのスフェールに全てをしがみつく様に一体化できるのです。そうして、ある時、スフェールの永遠の愛が生まれた。

スフェールの光体が二つの魂に挟まれ、はじき出されそうになっている二つの塊のおかげで、そこに、美しいハート状の光体がつくられ、生まれたのです。このハートの姿を見ることが出来た魂も、その愛を得られるというのです。それは、地上においても、たとえ、目が見えなくとも、心の中で見えるのだ。

以上のstory集に続き、story「愛の見えざる手（ハートの由来）」から「本書の結論」に導きたいと思います。

本書の結論

（『美人に向かうリズム』の副題は「Invisible hand for beautiful」です。）

経済学者アダム・スミスは人の同感（sympathy）による競争から、社会のモラルへ発展に導く見えざる手（Invisible hand）を表現しました。この同感こそが美しさ（対象）に対する一体化及びリズムをつくり、ひとつの生命を発生させます。この生命が何故、美しい力を生じさせるか？　それは、同感が瞬時であり「見えざる手」の原動力が人の瞬時にして美しさに向かう「不安定なる不足感」だからなのです。美しさに同感するが故に、その美しさに向かう不足感を発生させ、必然するリズムの生命が誕生します。つまり、美しいリズムは同感から始まり、瞬間の同感は素晴らしいリズムを動かす不足感を呼ぶのです。瞬間に美しさに同感し、その次なる同感に向かう原動力は紛れもなく、その美しさに対する不足感なのです。素晴らしいリズムの必然です。人は、この美しさに向かうリズム「見えざる手」により美しくなるのです。

story「愛の見えざる手（ハートの由来）」でのロミは、目が見えないが故に美しく向かう想いのリズムに乗れます。その美しく運ぶ力の正体は？　それは他ならず『見えざる手』となる不足を補う美しさに向かうリズム」なのです。

あとがき

有名なアダム・スミスは見えざる手（Invisible hand）に因る自由競争社会のモラルと繁栄を論じましたが、感性においても「美人に向かうリズム」は見えざる手（Invisible hand for beautiful）に因る運び運ばれる必然に存在します。美しい対象の同感（sympathy）に向かい同時に、その不足感補い続ける感性は、リズム（生命）を発生させ、この必然の見えざる手に因り、人は美人に向かうのです。見えざる手の如く、リズムは美しくする必然の生命なのです。美しい感性の目覚めはリズムの生命の起点です。この起点は不安定な瞬間の宿命に在るからこそ目覚める同感の瞬間からリズムは生まれます。

美しい必然のリズムは流れる生命です。一瞬に貴方様自身に発生します。再度読み返し、わからなくても、貴方様を美しくする力は、いつでも待っています。貴方様自身の必然の生命だからです。

文芸社及び紀伊國屋書店が協力となった横浜そごう早川玲生コンサートでのstory「ジョージヤの子猫（『美しく奏でる』収録）」を筆者は何故書いたか？　本書から、美しく運ばれる力をご理解頂けたらと思っています。

「雨が降ったら、また、あの子猫が来るかもしれない」と雨が大嫌いな少女は雨が好きになりますが、誤解する彼女がたたいてしまった子猫が帰ってこないからこそ、彼女の感性は磨かれ育成し続けるのです。この彼女がずうっと待ち想い続ける必然性に美しい力のリズムが生まれます。（このstory作品の理由を横浜そごうコンサートの観客に思わず伝えてしまった…これは予定外でした。ＤＶＤ記録）

本書の文章を口語体にした理由は「伝える効果」にあります。人の本来（nature）の感性（sensibility）が21世紀に入り失われつつある現況の実感は否定できません。私達にとって「感性の必然性」とは何か？　それは思わず一瞬に美しいと同感し目覚めていく私達の自然です。しかし、私達は、感性目覚めの必然性を実感しているでしょうか、現代のグローバル化する経済構造の変化は、ＩＴ革命の便利さを肯定しても感性の目覚めに関しては不安を残します。現況の社会生活に慣れ、個性が無視されれば感性の必然性は次第に奪われていくのです。感性に対する私達の最大の盲点とは「気がつかない」という空間なのです。

「それ」無しで生存出来ても「それ」無しでは文化的価値を実感出来ないものとは？「それ」とは感性に他なりません。正確には美しさを捉え同感し目覚める感性の必然性です。現況に対する警鐘があるとすれば、この感性の必然性の欠如（不足）なのです。実は、この「感性の欠如（不足）」の実感から「美しくなる秘訣」に及び本書に至りました。「感性目覚める必然性の欠如（不足）」の実感、これが美しくする感性を伝える動機なのです。私達は日常、心底から美しい想いを実感する生活に向かっているでしょうか。

「無」から「有」が生まれる、この言葉にご興味を懐いたことがありますでしょうか？　このワードに敬意をもって感性感覚の立場から説明しますと「無」とは「一体化」に他なりません。どういうことか？　著者である早川玲生が本書で主張してきた「一体化」の本意が実は「無」にあります。理解不能と思われるかもしれませんが「無」とは本来（nature）から一〇〇％の必然性の始まりを意味するからです。生物が「無」の状態を得たとしたら生命がある限り、必ず一〇〇％の出発変化状況の必然をつくるはず、生命あるものが全ての静止から如何にして動き始めるか、その必然性は、その人のqualityを現すのです。生命あるものに一瞬でも与えられた「無」は本来（nature）の始まりの必然性を現します。これが人の瞬間なる感性の目覚めとすれば、いかがでしょう。「無」となる自身の本来の必然性の原点が、瞬間なる感性の目覚める状況とすれば、当然、自身は「一体化する本来（nature）」に他なりません。本来（nature）として一体化している（in a body）自身そのものの原点です。「無」これなくして、一〇〇%の自身の本来から起きる必然の瞬間を実感することはないのです。「無」の瞬間だからこそ、一〇〇%の目覚めの必然を得る。これが美しい感性目覚める瞬間であれば、永遠に、この美しい目覚めに向かい続ける宿命となります。例えば、誰も「無」の如く静止状態を保つことが出来るでしょうか、必ず、動き出します。その動き始める必然性でその人がわかります。感性において、瞬間にも静止画の如く獲得する状態（「無」）から動き始める瞬間の必然性に美しさが存在するとすれば、その動き始める美しい必然性を獲得し美しくなるのは当然です。「無」は一瞬の美しい意識のチャンスなのです。要は、如何にして感性を目覚めさせるか？　つまり「如何にして自身の感性目覚める瞬間から生まれる『美しい流れ』をつくるか？」なのです。先ず、私達は本来（nature）を知っているのです。既に知り得る「無」を瞬間でも欲し感性目覚める瞬間を自覚するしかないのです。その手懸かりが「美しさ」

であることは言うまでもありません。
瞬間の感性目覚める必然性は絶えず美しさ（価値）に向かって待っていて、現実の社会に生きる人の大切な基本の始まりが「主体性」とすれば、その主体性をつくる感性目覚める想像力（構成力）の必然は「感性の目（imagination for sensibility）」と言えます。感性は想像力に因り、その命が流れ、その向きが養われ、つまり、感性を働かせる社会人の主体性（subjectivity）は「感性の目」に懸かっています。感性にも目があり向きがあり、想像力は感性を助け、感性は想像力次第で目覚め育成し、人は目覚めれば、自ずと、己れの主体性の育成に「感性の目」がなくてはならないものだと分かる、これが美しく活きる人の目覚めかもしれません。

私達は小学生の頃に理科で酸素をつくる時、二酸化マンガンを媒介（vehicle）に過酸化水素水を利用した事を覚えています。酸素を獲得した後でも二酸化マンガンは変わりません。この不変なる媒介となった二酸化マンガンは「乗り物（vehicle）」と同じ性質に在ります。つまり、対象は乗り物（媒介）として変化せず、美しさを自分の力にする時、美しく変化するには対象に対する自らの感性の目覚めしかないのです。要は、対象（媒介）は不変でも感性次第で、対象（媒介）に対する同感の美しさは変化していくのです。対象を媒介（乗り物）にして感性は育成します。夢も媒介となり感性の乗り物（vehicle）なのです。その流れる必然の原動力は想像力に他なりません。実は、感性次第で、美しく見えてくるのです。美しさを醸し出す目の力が誕生するのです。医学的な視界の色素となる赤、青、緑の組み合わせのリズムが美しくなる必然性の発生を感性と想像力が可能にするのかもしれません。美しく見える目の力は美しい想いの経験が物語り証します。

《瞬間にして、人は対象となる美しさ（価値）に同感（sympathy）し目覚めます。その感性の quality は対象の quality と一体化し、その流れる中で、同感（sympathy）する対象を媒介（乗り物）にして育成するのです。この運び流れる必然を助け起こす人の自然（nature）こそ、想像力に他なりません。》

社会生活の乗り物（vehicle）は、その身分や経済力で、それに相応しい人を乗せる事実は周知の通りです。では、乗り物（vehicle 媒介）となる感性の対象は如何にして、その相応しい人を乗せるか？　勿論、感性の対象の quality に相応しい人が、その感性の対象となる乗り物に当然、乗るのですが、つまり、対象を捉える感性の同感の必然は、その同感する quality の育成次第で起きるのです。要は、簡単に申し上げますと、今まで世の豪華な乗り物に乗れない人でも、その乗る人物の quality を育成すれば乗れるのです。本来、素晴らしい品物には素晴らしい器（quality）が無ければと思ってしまうのですが、逆に、感性は育成されていくと、自ずと、それに見合う乗り物や器（対象）が想像力に因り浮かび上がり、その流れは、また自らの感性を育成させていくのです。

実は、想像力は自身（subject）の quality に従う対象（object）をつくり出すのです。美しい必然は、ただ、ひたすら、想い続ける美しさに向かう感性に因るのです。自らの感性を育成し価値在る対象（美しさ）に同感（sympathy）できれば、その同感の quality に従う感性の対象という乗り物（vehicle）に乗れているのです。換言しますと、目覚める必然の quality 育成豊かな感性の対象となる乗り物（媒介 vehicle）を獲得しようと向かう人は、既に、その乗り物（媒介）となる感性の対象に相応しい美しさ（価値）に気がつき同感（sympathy）できるのです。人の本来（nature）の感性の実力です。

感性目覚める対象に向かい続ける想像力は、その美しい対象を浮上させ、そのリズムを活かすのです。

「あとがき」故に、もうひとつ、申し上げますと、美しくなるには自ら補う必然を与えることです。では、美人に何を与えれば、よろしいのでしょうか？　それは、なんであれ、与えられる当人を超える「美しさ」を与えるしかないのです。与えられる本人が自分より美しいと思ってしまう対象や空間を与えるのです。その対象は金銭で解決する性質ではありません。正確には感覚に因り起きる不足感です。感性の目覚めは、対象との同感から一瞬にして己れの不足感が、その補う必然性を起こし、本人は、その美しさに向かい自らの感性を育成させるからです。人は何故、この不足感を妬みにして活用出来ず墜落するのでしょうか。白雪姫のstoryが物語っています。

美人が心惹かれる価値在る対象に出逢い、もし、一瞬、哀しげな不安の顔を見せたら、その理由は感性に因り浮かび上がる不足感の何ものでもありません。美しさに向かう不安定なる感性の必然性に他ならないのです。この不安定な心境が、実は、自身の美しさを育成します。何故、人は、これを妬みの原動力にして、その育成する力を抑えてしまうのでしょうか。

プッチーニ作「ラ・ボエーム」での縫い子ミミが彼との出逢いに「太陽は私のもの」と歌い上げ花の香る話題の中に「〜しかし私の育てる花は香らない」と言葉を発するが「香らない」と彼女が彼に伝えるからこそ、彼と彼女の出逢いの恋は始まるのです。感性の必然性とは不安定なるが故に、何かの価値に向かい続ける美しい始まりを残すのです。

感性におけるstoryの余韻、感性感覚の謎解きこそ、人に若さを与え人を美しくする宝なのです。

「早川玲生の作品」の背景となる活動経緯

①社会科学者・高島善哉（一橋大学名誉教授　アダム・スミス研究者）に師事し価値論を学び、大学院学位論文「ルソーにおける自然状態の仮説」を著す。以後、価値論追究に従い「仮説」の方法態度による科学的姿勢を構える。

②その価値論追究に「感性」「想像力」を着眼点として、「美しさ」の意味とその力（power）を重視する。（音楽や天体に通じる「リズム」を「力」の価値として把握）

③価値論追究として、人の演出を評価し、絵画等芸術に目を向け、「storyと音楽との構成」や「宝飾に値する天然石の色彩組み合わせ」に至り「produce」による「力（power）」にチャレンジする。

④その活動として、「トークとフルート演奏による数年間の毎月定期横浜そごう早川

文芸社セレクション

お坊主小兵衛

速島 實
HAYASHIMA Minoru

文芸社

文芸社セレクション

お坊主小兵衛

速島 實

HAYASHIMA Minoru

文芸社

目次

はじめに

これは実在した掏摸《すり》の名人「お坊主小兵衛」が同心目付「加賀山」に可愛がられたという話を元に、いろいろな史実を絡めたフィクションである。

なお、ここに出てくる掏摸の手口については、レクチャーＤＶＤを参考にしている。

しかし、掏摸は窃盗罪であり、決して真似をしてはならない。

【掏摸は十年以下の懲役、又は五十万円以下の罰金刑】

初仕事

「若旦那……じゃ、ありませんか」

「ああ、おまえは清吉じゃないか。無事だったか」

「はい、お陰さまで。ところで大旦那さん達は？」

「ここで待ち合わせることになっているのだが……」

若旦那と呼ばれた小兵衛は沈痛な面持ちである。二十歳《はたち》になったばかりだ。年にしてはやや小柄で、小洒落《こじゃれ》た着物は言うに及ばず、色白で端正な顔も煤《すす》だらけだ。丁稚《でっち》の清吉は十六。色浅黒く、背丈は小兵衛と同じくらいだ。

「見つからないんですか」

「これだけ捜しても見つからないということはやはりこの中かな」


元禄十一年（一六九八年）九月六日の昼前から夜中にかけての大火は小間物問屋「京屋」にも襲いかかった。小兵衛は向島《むこうじま》の見世物小屋で火事を知り、何とか災禍に遭わずに済んだが、両親の行方《ゆくえ》が分からず、捜し歩いて、はや三日が経つ。「火事と